生きた証か、金印の謎

亀井南冥
リゾート開発
わだつみの神

石田健二

梓書院

プロローグ

福岡市の西部、早良区百道浜の福岡タワーの展望台から北の方を望むと、博多湾が小さな湖のように見える。右手香椎の奥の山の麓から一直線に陸が走り、海の中道と呼ばれる日本でも珍しい大きな砂嘴《さし》が延びる。延び切ったところで島にぶつかる。この島が志賀島《しかのしま》である。

島の歴史は長く多彩であるが、その中の三つの時代に焦点を当てる。

一つ目は、天明四年（一七八四）この島から金印が発見された。その金印発見にまつわる話である。

二つ目は、昭和六三〜平成一二年（一九八八―二〇〇〇）にかけて、この島でリゾートの開発が行われた。バブルと呼ばれた時期の発生と崩壊に重なる話である。

三つ目は、弥生時代の初期の紀元前五世紀から飛鳥時代の七世紀半ばまで、この島を拠点とする海人族が活躍した。その海人族の興隆と衰退の話である。

この三つの時代を錯綜させながら、この物語を展開する。

「後漢書東夷伝」に記載され、漢の光武帝から贈られたという金印は、一七〇〇年後、突然世に現れた。江戸の天明期に、志賀島の叶崎《かなのさき》というところで偶然発見された。

発見者の甚兵衛がその経緯を記し、村の庄屋らの役職が連署した口上書《こうじょうしょ》が金印とともに福岡藩に提出された。藩は、開校間もない藩校の祭酒《さいしゅ》（館長）、修猷館《しゅうゆうかん》の竹田定良と甘棠館《かんとうかん》の亀井南冥《かめいなんめい》に金印の鑑定を命じた。その結果、「後漢書東夷伝」の金印と判定された。

その口上書の内容は果たして真実なのか。また、提出された金印は発見当時の金印であるのか。

話は前後するが、その口上書と金印の真贋《しんがん》に深くかかわった甘棠館の祭酒、亀井南冥の自決から物語を始める。

平成の初めのバブルの引き金ともいえるリゾート法と、志賀島のリゾート開発に関わる顛末を取り上げる。

リゾート法は、正式には「総合保養地域整備法」という。民間活力の向上と地域振興を目的として、昭和六二年六月に制定された。各都道府県が策定し国の承認を受けた計画にもとづき、民間企業が開発に当たる。企業は、開発を規制する法律の緩和、税法上の支援や融資の優遇措置等が受けられる。

翌年の昭和六三年に、宮崎県のシーガイアが構想承認を受け、その後、三重県の志摩スペイン村、北海道のトマムリゾート、長崎県のハウステンボス等々が構想に名乗りを上げる。ほとんどの都道府県で続々とリゾート構想が提出された。

福岡県の志賀島も玄海リゾート構想の一地域に選ばれ、福岡市の民間会社が開発を進めることになった。

各企業は、バブル経済を背景にして大きな投資をして景気を更に向上させたが、その数年後には景気が過熱しすぎたとして、政府は景気を抑える政策に転換する。

平成四年頃から景気は沈滞し始め、大型のリゾート構想は破綻し始める。その後、銀行や証券会社も破産するなど不況が深刻となり、しかも長期にわたり不景気の時代が続くことになる。

志賀島は、古代には東アジアの交易の中心地であった。海外では朝鮮半島や中国へ、国内では北は日本海沿岸の東北から、南は奄美、沖縄に至るまで、広大な地域で船を操り活躍する海人族の本拠地があった。

海を舞台とする生業は、船の遭難という危険を常にかかえる。海人族は海の神を畏怖し畏敬し、篤く祀った。

彼らは、玄界灘を渡り朝鮮、大陸を何度も行き来して、外来の文化と文物を日本にもたらした。日本の弥生時代を先導し、ヤマト王権が発展、確立するまでの一千年以上もの間、日本の古代国家の形成に深くかかわったと思われる。

後漢書東夷伝の「漢委奴国王《かんのわのなのこくおう》」の金印も、魏志倭人伝の邪馬台国の「親魏倭王《しんぎわおう》」の金印も、海人族抜きには日本にもたらされなかった。そればかりか、神功皇后の三韓征伐、倭の五王、磐井の乱、白村江の戦いなど、古代史を彩る著名な事柄も、海人族抜きには語れない。

志賀島の海人族の名は、阿曇《あずみ》族といい、その信仰する海神の名は、わだつみの神（綿津見神）という。

目次

生きた証《あかし》か、金印の謎
亀井南冥 リゾート開発 わだつみの神

―目　次―

主な登場人物

［江戸時代］

亀井南冥《なんめい》　儒学者　福岡藩藩校の甘棠館祭酒《かんとうかんさいしゅ》（館長）

竹田定良《さだよし》　儒学者　福岡藩藩校の修猷館《しゅうゆうかん》祭酒（館長）

加藤一成《かずしげ》　儒学者　福岡藩上士

甚兵衛　志賀島村の百姓

喜平　勝馬村の百姓

津田源次郎　郡奉行　亀井南冥の門弟

米屋才蔵　博多の商人　亀井南冥の門弟

亀井昭陽《しょうよう》　亀井南冥の子　亀井学の祖

亀井聴因《ちょういん》　亀井南冥の父　儒医

曇栄《どんえい》　亀井南冥の弟　崇福寺《そうふくじ》の住職

黒田治之《はるゆき》　福岡藩第七代藩主

久野外記《げき》　福岡藩家老
黒田美作《みまさか》守　福岡藩家老　三奈木《みなぎ》黒田家の当主
黒田長舒《ながのぶ》　秋月黒田家の第八代藩主
仙厓《せんがい》義梵《ぎぼん》　聖福寺《しょうふくじ》の住職
苅谷助左衛門　筑前五ヶ浦廻船の頭領
島田藍泉《らんせん》　亀井南冥の親友　儒学者

［現代］
寺田公介　J社の社員　志賀島のリゾート開発を担当
片岡健吉　志賀島の郷土史家
坂下昭夫　志賀島の農家　リゾート開発の地権者組合長
阿曇磯久　志賀海神社の宮司
社長　J社の社長
片桐　J社の専務
瀬戸　J社の社員
星　J社の社員

沖津宮
舞能ノ浜
辺津宮
中津宮
下馬ヶ浜
大浦
高麗囃
西福寺
勝馬村
白瀬
潮見台
香音寺
弘村
火焔塚
志賀海神社
荘厳寺
首切
志賀島村
ミチキリ
古の浜
叶崎

志賀島全体図

地図

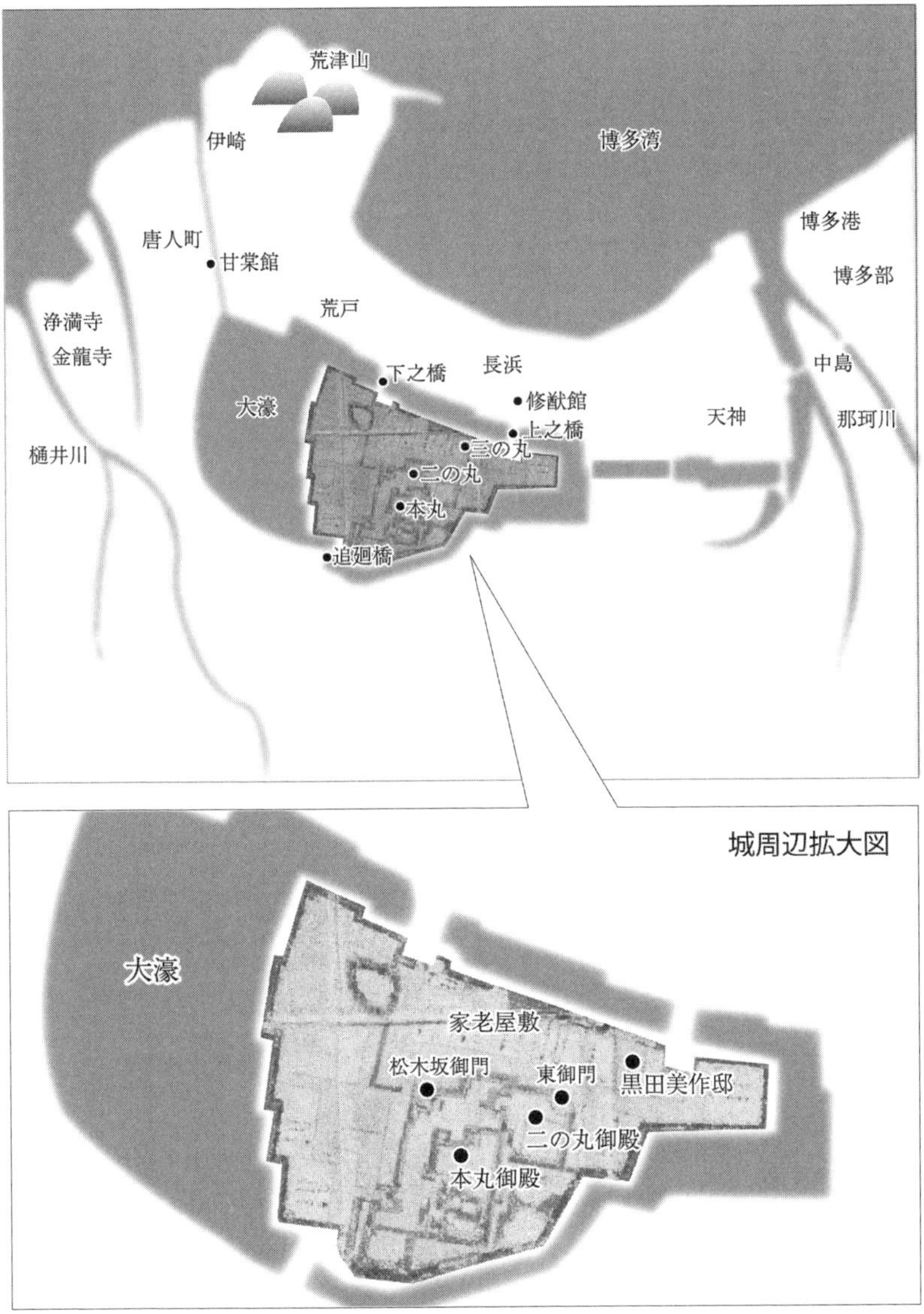

江戸期の福岡の城下町

1　南冥《なんめい》の死

文化一〇年（一八一三）一二月、福岡の百道の松林の中にある仮屋で、南冥は「その日」をあらかじめ定めた。

それまでは、生への未練も断ちがたく、生か死か、その間をさまよって生きてきた。だらだらした張りのない生活を一〇年近く過ごした。

一旦覚悟を決めると、気力が澄み渡り、かえって生への活力が増すのが不思議だった。朝となく昼となく飲んでいた酒を断ち、家族が心配した奇行も止まった。人への対応も柔らかくなり穏やかな日々を送ることができた。

この冬が終わり、木々に緑が芽生え、山桜のつぼみが赤く膨らみ、花が咲く。そして、その山桜が満開を迎える頃が「その日」である。

（三月初頭（新暦四月前半）この身をわだつみの神に捧げよう）

息子の昭陽《しょうよう》とその家族も、南冥の変わりように安堵し、また心配もした。

（あれほど気性の激しかった父上が変わられた）

歳を追い重ねると人は仏様に近づくというが、これほど人は変わるものなのか。

「父上は随分とお変わりになられた」

昭陽は食事の際に、さりげなく南冥に呟《つぶや》いた。

「そうか、そう思うか。この歳になってやっと一皮剥《む》けたのかな」

南冥はそう言って惚《とぼ》けた。

「何度も酔った父上を介抱しましたし、奇行にも悩まされました。今はそれも嘘のように思えます」

昭陽は、南冥の深酒とやり切れない奇行に、この数年悩まされていた。

「迷惑を掛けたな。これからその分をお返しするよ」

「いえ、お元気でいてさえくれれば、それで充分です」

（これまでの父は一体何者であったのだろうか。前後の分岐点の原因は何であろう）

昭陽は、南冥が覚悟を決めたのだと察したが、父のために諫《いさ》めたり翻意《ほんい》を求めたりするのは止めた。崇拝し愛しい父だが、この何年もの間、父の苦しみを間近に見ているだけに、その覚悟を遂げさせたいと思った。

ただ「その日」が、できるだけ後々の日になるように祈るばかりであった。


年が明け文化一一年（一八一四）となり、南冥は、息子夫婦、孫らと、近年にない幸せな正月を迎えることができた。

百道の居宅から松林を抜けると浜に出る。博多湾の東方面に初日が昇る。家族そろって礼拝をし、柏手を打って更に礼を捧げた。

（この昭陽の家族にご加護がありますように。亀井家の将来に希望がありますように）

南冥は日の出に向かって、長い祈りを捧げた。

朝餉《あさげ》の後、皆で揃って居宅を出て、西新百松原の紅葉八幡宮を参拝した。西新の唐津街道沿いは商家が多く、初詣の人々で賑わっていた。東に向かい樋井川《ひいがわ》にかかる橋を渡り、川沿いを百間《けん》ほど北に進む。南冥の父聴因《ちょういん》と妻富《とみ》が眠る地行《じぎょう》の真宗本願寺の浄満寺《じょうまんじ》を訪ねた。亀井家の墓前に花を添え祈りをささげた。

その後……

浄満寺の南隣すぐに曹洞宗金龍寺《きんりゅうじ》がある。南冥はそちらに足を向け裏門をくぐった。

昭陽は首を傾《かし》げ「父上」と発したが、南冥はそれには答えず、一〇間程のところにある二基の墓の前に進み出た。

貝原益軒《かいばらえきけん》、東軒《とうけん》夫妻の墓がある。南冥は深く頭を下げ祈った。

昭陽は驚いた。南冥が金龍寺に足を運ぶのを見るのも初めてであったし、ましてや貝原益軒の墓に祈るのを見るのも初めてであった。

（あれほど嫌っていた貝原益軒の墓に詣でる。父上はそこまで変わられたのか）

南冥は、貝原益軒の保守的な朱子学を批判し、貝原を取り巻く中上級武士の頑迷な藩の体質を嫌い、貝原流を受け継ぐ竹田家の修猷館を見下し蔑《さげす》んできた。金龍寺に来るのも、貝原益軒の墓参りをするのも、今回が初めてであった。深々と頭を下げた。涙は堪《こら》えても溢《あふ》れ出た。

（益軒先生、私は貴方《あなた》を崇拝しておりました。貴方を見習い、福岡の儒学の双璧になろうと精進を重ねて参りました。私も老齢を重ね、また間近に生を終えようとしています。私は今、とても貴方の足元にも及ばないことを悟りました。貴方や貴方の流れをくむ方々と対抗し、敵愾してきたことが悔やまれます。今までの私の振舞いをどうぞお許しください。どうぞ安らかにお眠り下さい）

南冥は、中腰のまま、長く深く祈りを捧げた。

南冥は「その日」が来るまで身を清潔に保ち、仮屋の清掃も怠らず毎朝行った。身辺の整理として、未完の書は書き終えたり廃棄したりした。今まで集めてきた本の目録を作り、検索しやすいように並べ替えた。南冥の生涯の著述の目録も作った。子息昭陽夫妻や孫たちに遺言書も認《したた》めた。「その日」のために仮屋の周りの松も切った。

南冥はある早朝、伊崎《いざき》の港で舟を雇い、家族にも知らせず一人密かに志賀島に向かった。博多湾は波穏やかではあったが、まだ冬は明け切れておらず海風は相当に冷たい。志賀島村の浜で舟を降り、船頭に勝馬村に廻るよう指示した後、参道から志賀海神社に向かい、その拝殿から志賀大明神でもある「わだつみの神」に祈りを捧げた。

神社入口正面の左側の道から、勝馬に向かう山道を昇り、山頂の潮見台に着いた。坂道は足腰にこたえる。風が強く冷たい。南冥は上衣を肌に寄せ身をかがめた。陽は上っていたが、東方、宗像の大島方面に向かい拝礼し柏手を打った。その後、勝馬よりに少し道を下った後、脇道に入り大きな岩場の前で立ち止まった。

南冥は、岩場の前に広がる田畑を見、西に落ち込む海を見、糸島方面の山々を見た後、じっと岩場の周辺を見廻した。この辺りのどこかに埋められているはずだ。

岩場に向かって深々と拝礼した。

（わだつみの神、それがしにご慈悲を。昭陽一家にご加護を）

勝馬村に下り、龍宮三宮跡にも参拝し、中津宮前の砂浜から帰途に就いた。寒さが身に染みる一日であった。

（もはや思い残すことはない、あとは「その日」が来るのを待つばかりだ）

山桜が満開を迎え、明らかに季節の移り変わりを世に告げた頃である。

「その日」の夜半、家人が寝静まったのを見はからって、南冥は一睡もしないまま、居宅の寝床を離れた。着替えを用意し、母屋から五〇間も離れた仮屋の書斎に向かった。

所々に植えられた山桜が花一杯に開き、星の光に映えて美しい姿を現していた。途中で井戸の水を汲み身を清めた。天上は星空が広がり澄み切っている。冷気がこたえる。物置小屋の横の石積みの奥から小さな「物」を取り出し書斎に入った。火をおこし蝋燭《ろうそく》を灯《とも》し、身を整え机に坐した。

南冥は、坐したままその「物」を見やり、左の掌でしっかりと握り締めた。文字の入った金塊である。

窓を開けると海が眼近に迫っている。博多湾。波は穏やかに潮騒を放っている。月の光が波間を照らし、島を暗黒に浮かび上がらせる。左に能古島、右奥に志賀島がみえる。志賀島の海岸線の中央あたりが因縁の地点である。そこを見やりながら、金塊を更に握り締めた。

しばらくすると、島の上空のずっと奥の方から、三点の光が少しずつ島の上部に進んでいる。徐々にゆっくり近づいてきて、そして、一瞬止まったかに見えた途端、島の上部に落ちた。光が散乱し消えた。

わだつみの神か。

ソコツワダツミ、ナカツワダツミ、ウワツワダツミ

（やはり、この神々はわしを許してはくれないようだ。この神々に呪われている。今こそ、この呪いを断ち切ろう）

狭い部屋の四隅に古紙《こし》を丸めて油をかけた。蝋燭の火をかざすと勢いよく火柱がた

ちあがった。

用意しておいた脇差の刀身を抜き出し、腹部を開くと強く左腹に突き当てた。右の掌を柄の奥に当て、やや右に力を入れた。残る力で抜身を引き出し、少し身をかがめて、切っ先を首に当てて、倒れるように押し込んだ。大量の血が板間を濡らした。左の掌に金塊は握られたままであった。

だんだんと意識が失われていく。遠ざかる意識の中で「これで良い」と、小さくつぶやいた。

文化一一年（一八一四）三月、福岡の百道の松林の中の仮屋はもろくも燃え尽きた。亀井南冥、享年七二。

2　志賀島の勝馬へ

「ちょっと、人手が足りないんだ、悪いが志賀島の勝馬《かつま》に行ってくれないか」

寺田公介は、会社の同僚の志垣《しがき》から頼まれた。

「志賀島？　勝馬？」

寺田は何のことやらすぐには理解できなかった。

「内容は車の中で話すから、急いでいる」

志垣が急《せ》き立てた。

平成二年一二月も押し詰まった時節である。午後五時を過ぎていた。何か事情があるのだろうと思い、もう一人の同僚の鳥飼と三人で車に乗った。

冬場だから、もう日が落ちて夜の街の明かりが灯っていた。寒い夜であった。

博多駅裏の筑紫口に近い会社のビルから、社用車のカローラで国道三号線に出た。

香椎から和白経由で志賀島に向かう。その当時は、香椎浜の人工島もなく雁ノ巣経由の近道はまだない頃である。和白までの道は、この時間帯はいつも混んでいる。

寺田はこんな時間に志賀島に何用があるのだろうと、不可解に思った。

「志賀島のリゾート開発は知っているな。勝馬地区の地権者（土地の所有者）宅を訪問するんだ。今日の午後七時に、勝馬の公民館で勝馬自治会の役員さんと落ち合い、我々と組んで勝馬の家々を廻ることになっている。地元二名と会社側一名で組を作る」

「……」

「本来は担当の伊藤が行くことになっていたんだが、奥さんが急に産気づいて行けなくなったので、急遽、寺田にお願いしたという訳だ」

志垣が寺田を納得させるため事情を説明した。

寺田は地権者廻りだとか、自治会の役員さんだとか、さっぱり訳の分からないまま、帰りは夜更けだなと幾分迷惑にも思ったが、人が足りないのであれば仕方がないと腹をくくった。

「ただ、俺は志賀島の開発については何も知らないぞ。頭数だけでかえって足手まといにならんだろうか」

寺田は、Ｊ社が二年前から志賀島のリゾート開発を進めているのを知っていたが、その中身は全く知らなかった。

「心配はいらないよ、勝馬の役員さんたちが首尾よくやってくれるよ。お前は会社のメンバーとして一緒に廻ってくれるだけでいい。何もしゃべることもない」

志垣は何も問題はないとばかりに返答した。

「そうか、付いて廻るだけでいいんだな」

寺田は念を押した。

「それでいい」

和白から三号線を左に離れ、奈多に向かう途中、

「和白まで車が混むかと思ったが、そうでもなかった。ちょっと七時には早すぎたかもしれない。時間調整にうどんでも食うか」

志垣が誘った。仕事が夜遅くなることを想定して、腹ごしらえをしておこうということであった。

うどん屋の広い駐車場に車を止めて、中に入ると結構客で混んでいた。テーブルには付かず、カウンターに三人並んだ。

「ここは肉うどんがうまい」

通い慣れた店のように志垣は言った。

志垣と鳥飼は、さらに小皿のちらし寿司も注文した。寺田はうどんだけにした。なんだか訳が分からないし、知らない世界へ行くという不安が胃を圧迫していた。

「今の時期の志賀島は、海は時化《しけ》の日が多く、海風も冷たいですよ。特に島の先端にある勝馬は夜の明かりも少なく、私でも怖いと感じます」

一八〇センチを超えようかという巨漢の鳥飼が囁いた。

「横溝正史の獄門島ってあるでしょう。あれですよ」

鳥飼は言わずもがなの話を付け加えた。

「おい、それは言い過ぎだよ。あまり寺田を脅かすな」

志垣があわてて制した。

三人は午後六時過ぎにうどん屋を離れ、西戸崎《さいとざき》から大岳を過ぎると左右に海が迫っている。右が玄界灘で三メートルを超えようかという波が砂浜に叩きつける。左は博多湾で少し時化っているが波も穏やかにうねっている。

志賀島地区の入口、博多港からの定期船が通う港から、島の周回道路を左へ廻り、博多の夜景を左手奥の海の向こうに見ながら、弘《ひろ》地区を過ぎ勝馬地区に入った。

勝馬には国民休暇村のホテルがあり、冬場だから客は少ないものの、周辺の暗闇の中で光があちこちに飛んでいた。休暇村を過ぎて、海辺の周回道路を右にそれると勝馬の集落に入る。

田畑が左右を占める。ビニールハウスが薄暗い灯を放っている。今はイチゴ栽培の季節であるという。遠い間隔で外灯がぼんやり灯っているが、木柱の根本周辺二、三メートルほどの道路を、かろうじて照らしているに過ぎない。

しばらくして、家屋の立て込んだ集落の中心部と思われる場所に出た。生協の売店の看板が見えた。道は狭い。左に廻って少し進むと光が大きくなり、木造の建物の窓を通して何人もの立った姿が見えた。勝馬の公民館に着いた。

寺田が車のドアを開けると、冷気が差し込んだ。寒い。レインコートだけでは寒すぎる。急ぎ足で館内に入ると、大きな薪ストーブが二台、勢いよく暖気を放っていた。そのストーブ二台を囲んで一二、三人ほどの者が手をかざしていた。

三人が屋内に入ると、皆の眼がこちらに向いた。

「ご苦労様です」

ストーブを囲む人々から声が飛んだ。

「いや、どうも」

三人はストーブの暖気に吸い込まれるように言葉を返した。

背をかがめた老婦人が「いかがですか」と茶碗のお茶を勧めた。煎れたばかりか、湯気が濃くたっている。

「有難うございます」

一口飲んで、「熱い」と慣れない舌で感じたが、続けて飲むと身が芯から温まった。何よりのごちそうであった。

寺田達が加わって全員が揃ったようだ。J社の社員が三人と、開発工事に当たるゼネコンのZ社の社員が二人。勝馬の自治会役員が一〇人。併せて一五人が五組に分かれて、勝馬地区の地権者の家々を訪問する。

勝馬の自治会の役員名簿と、組み合わせが書かれた書面が配られた。あらかじめ組み合うメンバーと訪ねる家は決められているようだ。寺田は伊藤の代役として、勝馬の役員二人とチームを組んだ。

「よろしくお願いします」

寺田はその二人に挨拶した。

「いや、こちらこそ」

六〇歳は超えたと見られる年配の方々だ。一方は背が高くがっしりした体型の持ち主、他方は小柄で人がよさそうだ。

「J社の寺田公介と申します」

「勝馬の自治会の副会長をしている鍋山喜与作です。こちらは理事の船橋秀次郎」

背の高い方が鍋山で、小柄な方が船橋。

「お世話になります」

寺田は訳の分からないまま、丁寧に札を返した。

各組は、決められた地権者の家を訪ね、土地の売買又は賃貸の確認書に署名捺印をしてもらう。あらかじめ地権者の同意は得ているから時間はかからないという。

J社の志賀島担当者は、ゼネコンのZ社の社員と組んで、志賀島、弘、勝馬各地区の自治会に働きかけて、各地権者との話し合いをこの二年の間に何度も行っていたという。確認書の取り交わしは、弘地区と志賀島地区は先月終了し、今回が最後の勝馬地区ということだ。確認だから契約ではない。将来の契約に向けて間違いのないことを文字通り確認するためのものだ。

もちろんリゾート開発に反対する者や、先祖代々の土地を手放せないという者もいるが、大半の農家の地権者は賛同しているという。

五組は公民館前で分かれた。寺田の組は、公民館の裏手に廻り狭いあぜ道を横切って、まず一軒目を目指した。

暗い。懐中電灯の光も心許《こころもと》ない。公民館で鍋山から渡された旧式の電灯の光は弱い。それに寒さがこたえる。

「志賀島は海辺だから、博多の街より二度位は温度が高いよ」

鍋山がやや自慢げに言う。

「そうですか」

とは言ったものの、寺田は博多よりかなり寒いと感じた。海風がきついのと、この暗さが一層寒さをつのらせる。

勝馬の住人はほとんど農業で生活している。若者は少ない。農業をあえて継ぐという者はなく、成人すれば島を離れる。訪ねる家の主は、老夫婦か片方をなくした独居老人である。

　訪ねると役員が、リゾート開発について一応の説明をするが、相手も既に了解済みなのか問題はない。ただ、役員と相手が地域のよもやま話をして時間がかかるのには閉口した。また、どの家でも決まって湯で溶かす粉コーヒーが出され、飲まないのも失礼かと飲むうち腹具合も悪くなる。

　そうして一〇軒の家を廻ると、午後一〇時は過ぎていた。公民館に戻ると、他の組は既に終わっていて寺田達の組を待っていた。

「ご苦労様でした」

「いや、お疲れ様でした」

（あー疲れた。地権者廻りもたいへんだな）

　寺田は口には出さず心の内で呟いた。個人宅に仕事で訪問するのも初めてのことで、型通りの挨拶をするのも疲れるものだ。

　勝馬からの帰りの車の中で、寺田は初めに渡された書面を開いてみた。勝馬の自治会の役員の名前が列挙されていた。

鍋山が三人、段谷が二人、中野が二人、奥井、船橋、井上が一人。名前も喜、秀の付く者が二人ずつ。

「役員の名前、姓や名が偏《かたよ》っているな」

寺田が何気なく言った。

「志賀島地区は、坂下、折本、大林、宮内で固まり、弘地区は、松浦、小泉で固まっているよ」

志垣が地区ごとに姓が異なり、しかも同地区には同姓の家系が多いことを説明した。

「他所から人が入ってこないんですよ。先祖代々の方ばかりだ」

鳥飼が付け加えて言う。

「福岡にこれ程近いのにね。何故なんだろう」

福岡まで車で一時間程度、通勤圏内にあると言ってもいい。

「志賀島は特別なところですよ。摩訶不思議なところだ」

鳥飼は理屈を超えているとばかりに言い放った。

「お互いにどう呼び合うのだろうか」

「名前で呼び合うのだろう」

「でも、名前も喜や秀と同じ人がいるよ」

寺田が切り返すと、

「うーん、分からない」

志垣は押し黙った。

後で聞いた話によると、喜や秀の名は勝馬地区の特有のもので、明治時代まではその字を名前に入れた家筋が多かったということである。

夜も更けて話すのも億劫になり、博多駅筑紫口の会社までお互いに押し黙ったままで、やっとたどり着いた。

「お疲れ様でした」

三人はお互いを癒した。

これが寺田公介の、志賀島との付き合いの端緒である。

寺田公介は、三〇代後半でこのJ社に入社した。大学を卒業後、製造業の会社に就職したが、うすぼんやりした不安から他に自力で生活する道を探そうと二〇代後半で退職した。しかし、退職後の生活は当初の思いを外れて荒れた。パチンコに麻雀、競艇とギャンブルにのめり込み、酒にものめり込んだ。今日一日だけと思いつつ、そんな生活が何年も続く。このままでは落伍者で終わってしまう。

フリーターの荒れた生活と病的なギャンブル依存症から逃れるため、正規の職に就くことを渇望した。また、四年前に長く付き合っていた妻と結婚もし、三歳の子供もいた。妻は子を育てながら勤めていた。半分ヒモ暮らしだった。今までの過去をリセットして新しい生活を始めねばならない。

就職活動を三か月ほど続けた。電話だけの営業で一日費やす会社や無免許の警備会社などもあった。予備校の講師の口もあったが、古びた雑居ビルの中に教室があり来年まで経営が持つか疑わしい。今更、先生と呼ばれるほど俺は人間ができていないとも思った。

コネと縁がなければ、まともな会社には入れないのが現実であろうか。

それで実家のある選挙区の代議士に、就職先の紹介をお願いした。新進気鋭の若手政治家だった。まともな会社であれば、どんな業種の会社でもいい、選り好みはしないつもりだ。

数日あって、ある会社の面接を受けた。そして間もなくその会社から採用の通知が来た。

寺田は、平成二年一月に福岡の地場デベロッパー（不動産開発会社）のＪ社に再就職した。バブル前期の好景気が幸いした。会社は人手不足で多くの人材を必要としていた。志垣も鳥飼も、この時期前後の中途採用組である。

Ｊ社は、博多駅の筑紫口から西一〇〇メートル程の所にあった。社員は五〇人足らずだが、寺田はその事業の内容に驚いた。開発プロジェクトを二〇近く抱えていて、どれも何十億、何百億という規模の開発予算である。

スポーツ施設、レストラン、スーパー、ケアハウス、ホテル事業、商業施設、そしてリゾート開発。その他、経常業務として、ビルのテナントの賃貸・管理、マンション事業があった。

寺田は、前の会社の経験も考えて総務、人事を希望したが、開発部門に廻された。しかも、いきなり三つのプロジェクトの担当を言い渡された。開発部門はプロジェクトの数に比し人が全く足りていないらしい。プロジェクトは、その進行状況により仕事内容もかなり軽重はあるが、寺田は比較的初期段階のプロジェクトを任され、同時並行にその三つを進めていくことになった。ケアハウスにレストランにホテルがその担当であった。

忙しい会社であった。朝昼は外廻りで一日潰れる。夕方からは計画の段取りや些細な事務で机上の仕事に費やす。夜八時、九時の帰宅は良い方で、開業間近のプロジェクトは午前様が当たり前だった。会社の社員の頭数が基本的に足りていない。

毎月のように中途採用組が入社してきた。

入社一年足らず経て、やっと仕事の段取りが分かった頃、寺田は志賀島の応援に駆り出されたのである。

年が明けて平成三年になり、志賀島では、Ｊ社のリゾート開発に土地を提供する地権者の組合が結成された。「志賀島リゾート開発地権者組合」と称した。志賀島地区の坂下昭夫氏が組合長になり、副組合長には弘地区と勝馬地区の代表が選ばれた。Ｊ社の交渉はこの組合を窓口に進むことになった。

組合からは、早急に契約締結を求められた。相手は早く現金収入が欲しい。Ｊ社としては、できるだけ計画用地がまとまって、虫食い（未契約地が契約地の間に点在する）のない状態で契約に入りたい。

J社は二年前から契約を保留してきたが、相手はもう待てないという状況であった。そこで、J社はある程度の虫食いは今後の課題として、契約締結に踏み切った。契約相手の地権者の数は二〇〇人を超え、土地の筆数も二〇〇〇筆を超えていた。

J社では、今後契約が進行して仕事が過重となること見越して、新たに五人の志賀島の専属担当を選んだ。その中の一人に寺田が選ばれた。しかも担当スタッフのリーダーを任された。志垣と鳥飼は専属から外れた。

J社は、開発の拠点にするため、志賀島地区の西の福岡市の埋立地にプレハブの事務所を建設した。能古島や博多市街を望む海に面した眺望の良い所である。二階建てである。一階は地権者組合との協議や会社の会議に使う大きな部屋とシャワー室、物置。二階は開発担当者の事務室と寝泊りできる六畳の和室。寺田はこの和室で一度寝たことはあるが、波の音がうるさくて寝付けなかった。

現地の専属の社員は六人。社員二人が一組となり、六人で三組。一組当たり七〇人の地権者を担当する。いよいよ契約が始まる。対象の地権者はほとんど農家だから、農作業が終わる日没後が契約のための訪問時間である。寺田らは、昼間は契約用地の書面調査や現地に赴き実地検分を行った。

寺田は入社したばかりの若い大沢と組んだ。

夜七時過ぎに寺田らは地権者宅を訪問する。日が暮れて地権者が農作業を終わり、家に戻って風呂に入り食事が済んだ頃に、寺田らは訪問する。地権者組合との約束であった。

寺田がJ社の計画内容を説明して、相手方が契約書に署名・捺印する。大沢が契約一時金を現金で渡すのと引き換えに、相手方の土地の権利証を預かり印鑑証明書を受け取る。

志賀島の地権者のほとんどの者が相続登記をしていないので、現在の地権者名義の登記にするまでが厄介であった。明治や大正時代の地権者名義も珍しくない。戦後間もなくまでは家督相続一本で行けるが、民法の改正以後は法定相続になるから、遺産分割協議書を作り、各相続人から実印と印鑑証明書をもらわねばならない。中にはその相続人が一〇〇名を超える場合や、相続人が全国に散らばっていたり、イギリスやカナダ在住の者もあったりで、難渋を極めた。

ある夜、志賀島地区の地権者の一人、坂下昇宅を訪れた。

その登記簿名義も明治中期のものであった。

名義人は「坂下甚兵衛」となっていた。

「甚兵衛さんというのですか」

寺田は、その名前に江戸時代の匂いを感じた。

「うちの先祖は江戸中期から明治まで、継目は甚兵衛を名乗ったそうです」

坂下は名前が受け継がれていたことを説明した。

「へー、代々ですか。甚兵衛とね」

3　南冥の栄達

亀井南冥は、安永七年（一七七八）五月、福岡藩の第七代藩主黒田治之《はるゆき》の命により、藩の儒医《じゅい》兼侍講《じこう》に任じられた。

一介の町医者から士分に取り立てられ、一五人扶持《ふち》を給された。破格の抜擢といえる。南冥、三五歳であった。

南冥は、晴れがましく裃を着、大小二本差しで登城した。

南冥の居宅は、大濠の北、唐人《とうじん》町の唐津街道の北沿いにあった。唐人町の地名の由来は、中世に中国人や朝鮮人が多く集住したことによる。唐津街道沿いは町屋が並んで賑わった。

南冥は唐津街道を東に向かう。福岡城の下之橋から下之御門をくぐり三の丸に入る。三の丸から松木坂御門を抜け二の丸へ、本丸の表御門から本丸に入る。城内の新緑がまぶしく光る。少し蒸して汗も出る。

本丸御殿の小書院で、南冥はやや緊張した面持ちで下手に坐した。ついで家老の久《ひさ》野外記《のげき》と野村東馬《のむらとうま》が脇手に座った。

しばらく後、治之が伴を連れて上座に向かった。

「殿のお成りでござる」

家老の久野が声を上げた。下の面々は頭をこすり付けた。

「面をあげよ」

治之が言葉を掛けた。

「大義である」

久野から、今回の沙汰である儒医兼侍講の任、一五人扶持の給が南冥に下知された。

藩主の面前で、このような下知が行われることは極めて異例であった。南冥が藩の侍医として治之の御側近くに務めることと、この沙汰が治之直々の意向であったことから、治之は自らの面前でこの下知がなされることを望んだものである。治之の南冥への思いの程が良く分かる。

治之は、色白の細面の顔をややゆがめ、笑みを浮かべて言い述べた。

「亀井南冥、めでたいことじゃ。晴れてわが家臣となった」

「はっ、ありがたき幸せ」

「しっかりと務めよ」

「ははっ」

「余の治政を支えてくれ。頼りになる者がおらぬ。そこの久野、野村共々、よろしく頼む」

「ははっ、恐悦至極」と何度も畏《かしこ》まった。

治之は、病身の身ながら血色も良く声にも張りがあった。


南冥が城を退去して唐人町の居宅に帰ると、父聴因《ちょういん》、母徳、妻富、子息三人の家族の他、多くの私塾の門弟たちが出迎えた。

「南冥先生、おめでとうござる」

銘々口をそろえて、お祝いの言葉を伝えた。

父聴因は失明して八年、足腰も不自由で立つこともままならなかったが、その日は正装して南冥の帰りを待っていた。齢七六になっていた。

「でかしたぞ、南冥。亀井家、三島家の悲願であった士分に取り立てられ、こんな嬉しいことはない」

聴因は眼に涙を溜めながら、南冥を祝福した。

「父上、それがしもやっと念願を果たし、幾分の孝行ができたことを嬉しく存じます」

南冥は敬愛する父に報告した。

「治之公のためにも、しっかりと励めよ」

「心得ております。治之公に何かと重宝して頂き、このご恩は決して忘れるものではございません」

博多の商人から次々と貢物が届き、また来客も頻繁に訪れ、その夜は遅くまで賑わった。

福岡藩は、慶長五年（一六〇〇）関ヶ原の戦いの功により、豊前国中津藩主の黒田長政が、筑前一国五二万三〇〇〇石の大封を与えられたことにより成立した。筑前入府当初の居城は名島城であったが、手狭であり交通にも不便であった。慶長六年（一六〇一）から約六年をかけて、新たに広大な城郭・福岡城を築城した。

初代長政から、忠之、光之、綱政、宣政と続き、第六代黒田継高は、支藩の直方藩より本藩の養嗣子となった。

継高は五〇年もの間藩主の地位にあり、幾人もの側室との間に多くの子をもうけたが、次期当主となる男子を相次いで亡くした。黒田家の血統を受け継ぐ男子は他におらず、他家から養子をもらうしか家の存続の道はなくなった。

継高は、次女の嫁ぎ先の岡山藩池田家の次男長泰を養子に迎えることにしたが、幕府は第一〇代将軍の徳川家治《いえはる》の従兄弟にあたる一橋隼之助《じゅんのすけ》を養子にすることを打診してきた。継高は家臣団や一門と協議のうえ、藩存続のために幕府要請の隼之助を養子に迎え入れた。

一橋隼之助は、徳川御三卿の一つ一橋家の徳川宗尹《むねただ》の第五子で、第八代将軍の徳川吉宗の孫であり、第一一代将軍の徳川家斉の叔父にあたる。

継高は亡くなった長子重政の娘屋世《やよ》を継高の養女とし、隼之助と婚約させて黒田家の血統維持をはかった。それも空しく屋世は一一歳で早世した。

明和六年（一七六九）一二月、継高は隠居し、養子隼之助に家督を譲った。これにより黒田如水、長政以来の黒田家の血筋は断絶した。

隼之助は、第一〇代将軍の徳川家治の偏諱《へんき》を受けて「治之」に改名した。治之は病弱ではあるが、学問好きの聡明な殿様だった。治政にも長《た》けて行末は名君になろうと家臣団からも期待された。この殿様との出会いが南冥の前半生の栄達につながった。

寛保三年（一七四三）五月、亀井南冥は福岡の姪浜《めいのはま》で生まれた。

父は亀井聴因。怡土《いと》郡三雲《みくも》村（福岡県糸島市）の農夫の出で、若いときは無頼の徒であったというが、改心して儒学と医業を学び福岡の姪浜で開業していた。男二人と女三人の子に恵まれ、贅沢はできないが生活に困るということはなかった。息子の南冥とその弟幻庵《げんあん》（後の曇栄《どんえい》）には厳しく学問の手ほどきをした。

南冥が藩士になった同じ年、南冥の弟の曇栄は、崇福寺《そうふくじ》の頂点に立つ第八六世住職になった。

父聴因は亀井家の繁栄を泣いて喜んだ。

崇福寺は博多部にある臨済宗大徳寺派の寺院である。当初は大宰府にあったが、黒田長政が筑前の藩主になると博多部の千代町に移転させた。福岡藩主黒田家の菩提寺である。

亀井の祖は三島氏を称し、怡土郡高祖《たかす》城の城主原田氏の累代の家臣であった。原田氏は、九州の大族大蔵氏の嫡流である。

大蔵春実は、天慶《てんぎょう》四年（九四一）、伊予の藤原純友が反乱を起した天慶の乱を平定した。戦功により征西将軍に任じられ、筑前・豊前・肥前・壱岐・対馬の三前二島の管領職となった。大蔵氏は大宰府に近い御笠郡基山に城を構え、のちに山麓の原田に居館をつくり、地名をもって原田氏を名乗り土着したという。

建仁三年（一二〇三）、原田氏は怡土郡五郎丸に移り住み、高祖山に高祖城を築き、麓に館を構えて原田氏累代の本拠とした。

戦国末期の原田家の当主原田信種は、豊臣秀吉の九州攻めでは島津側についたので、戦後、領地没収の処分を受けた。亀井の祖の三島氏は浪人したが、他に仕官を得ることを潔しとせず、帰農してかつて領していた田畑を耕した。その後江戸時代を通して三島の本家は、代々三雲村の庄屋を務めた。

三島氏は鎌倉以来の武家であったので、士分に戻るのが父聴因の悲願であった。聴因は、亀井家に養子として出され亀井家を継いだが、その亀井家も元を遡れば三島氏であった。

聴因は二人の息子にその思いを託した。果たして南冥が十分に取り立てられたことによりその悲願が叶ったうえ、次男の曇栄までもが名刹《めいさつ》崇福寺の住職に上り詰めたのだから、それ以上のことはない。

その翌年、亀井家の絶頂期ともいえる時期に聴因は安らかに没した。聴因は積年の思いも果たし、息子たちの飛躍の姿も脳裏に刻み込んで、幸せの生涯を全うした。享年七七。

亀井南冥は名を道哉《みちや》、号を南冥という。南冥の名は「荘子」に由来する。（北の果ての海）「北冥《ほくめい》」に（大きさ幾千里という魚）「鯤《こん》」がいて、姿を変えて（背が幾千里という鳥）「鵬《ほう》」になる。鵬が飛べば垂天の雲のように天空を覆う、海が大きくうねるときに（南の果ての海）「南冥」に移る。

「南冥」は南の途方もない広さの海を表す。南冥は、二〇歳の初めに「南冥」という号を用い終生変わらず使い続けた。南冥の性格がよく表れている。身分の尊貴を問わない気位の高さと、他を寄せ付けない自信、その後の人生の波乱を予感させる号でもあった。

父聴因が古文辞学《こぶんじがく》を修めたので、南冥もその流派を学んだ。古文辞学は、荻生徂徠《おぎゅうそらい》が開祖で、儒学の系統に属するが、儒学の原書を注釈なしで読み込む方法論のことである。

徂徠は、当時の御用学問である朱子学を徹底批判した。朱子学は頭だけで考えた虚妄の説にすぎないとし、朱子学に立脚した古典解釈をこき下ろした。徂徠は実用を重んずる一方で、政治と道徳を切り離した。第五代将軍綱吉の側用人の柳沢吉保に抱えられ、赤穂浪士の討ち入り後の処分のあり方で、林家の林鳳岡《はやしほうこう》や室鳩巣《むろきゅうそう》が浪士を擁護したのに対し、浪士切腹を進言したことでも有名である。

南冥は一四歳で初めて福岡から遊学し、まず佐賀蓮池の竜津寺《りゅうしんじ》の僧大潮《だいちょう》の下で修業した。主に詩文を学んだ。その後、長崎・熊本にも遊学した。

南冥は、二〇歳で京に行き吉益東洞《よしますとうどう》に入門するが、その医業のあり方に疑念を抱き間もなく退去して、父聴因の友人である大坂の永富独嘯庵《ながとみどくしょうあん》に医学と儒学を学んだ。永富は早くから医学の才能で名をあげ、大坂で塾を開業したばかりであった。永富は、南冥には一目置き、代表作「漫遊雑記《まんゆうざっき》」の序文や「嚢語《のうご》」の後題を依頼している。

宝暦一三年（一七六三）、南冥は福岡に戻り、その年の一二月、福岡藩から朝鮮通信使の接待役に任ぜられた。

朝鮮通信使は、将軍の代替わりごとに李氏朝鮮から将軍の祝賀と友好のために江戸に派遣された。この年は、第一〇代将軍徳川家治の襲封祝賀《しゅうふうしゅくが》のための一行である。釜山から対馬を経て赤間関（下関）に向かう途中、新宮沖の相島《あいのしま》に寄港する。寄港時に、福岡藩は藩儒を数名派遣し、漢文の応酬や筆談を行って接待した。

南冥は無位無官ながらその一名に選ばれた。通信使とのやり取りでは福岡藩の藩儒らに抜きんでて文名をあげた。この活躍が評判となり南冥の名を高める飛躍の一歩にもなったが、同時に藩士から嫉《ねた》まれることにもなる。士分でもないのに才覚をちらつかせる傲岸《ごうがん》な態度が嫌われた。南冥、二一歳。

その後、南冥は父聴因とともに城下の唐人町で医業の他、儒学塾を開業した。安永元年（一七七二）、三〇歳で脇山富と結婚し、翌年子をもうけた。後の昭陽である。

塾では、通常の講義のほか、独自の方法で教育した。

門弟の塾頭が儒学の書の中からテーマを選び、質問者と答弁者との間で討論させ、塾頭が判定を下すというやり方を採用した。「会講《かいこう》」といった。テーマを考えるのも門弟であるし、問答するのも門弟である。各自自分の頭で考えなくてはならない。今でいうディベートに似たものである。

また、以前学習したことを口頭で説明することを行わせ、反復学習することの重要さを教えた。「輪講《りんこう》」といった。

こうして門弟の自主性と個性を伸ばすことに教育の重点を置いた。

南冥は、時間の許す限り長崎、熊本、鹿児島、また京、大坂などに遊学の旅にも出た。

南冥は、次第に儒学と医業で名を高めた。亀井ほどの学者は江戸、大坂にもいないとの評判が市中で取り沙汰された。

藩主治之は、その亀井の塾の評判を聞き、また朝鮮通信使との筆話の話を家老の久野や野村から聞き及び、まず藩主の侍医として迎えた。

南冥は、治之から侍医として信頼を受け、また学儒の才の深さも認められる。治之の兼侍講に抜擢され、士分に取り立てられたのである。南冥、三五歳となっていた。

治之は世襲の侍講に物足りなさを感じていた。藩儒は何人もいるが、既習にとらわれて発展性がないと感じていた。福岡藩は役柄が世襲で固まっており、いい意味で保守主義、実は事なかれ主義に染まっていると感じた。身分にとらわれず能力ある者が存分に働き、藩政の改革を行いたい。若さゆえの気鋭もあって理想は高かった。

治之はときの大老職の三奈木《みなぎ》黒田家を退け、信頼する久野や野村を抜擢し家老として藩政を委ね、しばしば南冥にも治政の意見を求めている。治之は、黒田家の血統はなく、黒田家譜代の者とは過去に縛られる腐れ縁はなかったから、自分のやりたいことを理解し実行に移す有為な人材を身分を問わず求めていた。その一人が南冥である。南冥は藩主のご意見番のような立場を務めた。治之は南冥には侍講に留まらず、将来、藩政を委ねることも視野に入れていた。このことを家老の久野や野村にも託していた。

南冥は、次代の藩を担う藩士の子弟教育の必要性を説き、藩校の設立を治之に建議している。

治之はその願いも空しく若くして潰《つい》えた。南冥が侍講になって三年後、天明元年

（一七八一）八月、病没した。享年三一であった。治之は、南冥が建議した藩校の設立を遺言として残した。

続いて、治之の末期養子として讃岐の京極《きょうごく》家から治高《はるたか》が迎えられ第八代藩主となるが、翌年八月病没した。享年二九。続いて、一橋家から治之の甥にあたる一橋雅之助（斉隆《なりたか》）が藩主となるが、わずか五歳だった。江戸の藩邸に留まり、福岡での藩政は家老の衆議で行われることになった。以後、家老会議が慣行化する。

福岡藩では、他藩からの養子の藩主が続くことになり、何事も重臣会議で藩政が執り行われる。このことが重臣達の独走、派閥形成、藩主軽視につながり、南冥の凋落の一因ともなり、また幕末にかけて多くの悲劇を生む要因ともなった。

天明三年（一七八三）五月、南冥は加増されて一五〇石となる。藩では治之の遺言である藩校の設立が進められ、家老久野外記の後押しがあり、南冥は藩校の祭酒（館長）に推挙された。

4　志賀島の歴史―リゾート開発

片岡健吉は中学校の歴史の教諭を退官した後、志賀島の郷土史を研究しながら余生を過ごしていた。

平成三年初秋、昼過ぎのことである。Ｊ社のプレハブの事務所の二階で、片岡健吉は志賀島の歴史・風俗・自然について講義していた。

寺田が志賀島の開発にかかわってから半年が過ぎ、地権者とも馴染みになった頃、志賀島の歴史や自然やお祭りなども開発を進める上で必要ではないかと思い、地権者のツテをたどって、片岡健吉を紹介してもらったのである。

片岡健吉は、日教組の強い福岡県で反日教組の立場を貫いた昔気質の信念の教師であった。通常はもの静かで、言動にユーモラスな部分もある。地元では争いごとの仲介などの相談役として信頼されていた。住まいは志賀海神社の参道沿いにあった。歳は六〇代半ばである。

片岡健吉は、週に一回、杖を持ちゆっくりとした足取りで、事務所の二階へ建物の外に設置された階段をあがる。講習の生徒は、寺田をはじめJ社の担当スタッフ六人の他、島のお年寄りが三人である。

寺田は志賀島の歴史の深さを痛感した。

まずは「金印」

「後漢書東夷伝」に記載された金印が江戸時代の天明期に叶崎から発見された。志賀島地区と弘地区の中間の海岸沿いである。今は、その場所に金印公園が整備され「漢委奴国王金印発光之所」という石碑が建つ。

次に「阿曇族」

志賀島を拠点に活躍した古代の海の民、海人が阿曇族である。阿曇族は、海に潜り漁労の生活をする他、朝鮮半島や中国沿岸と日本列島を股にかけ、対馬海峡や玄界灘を行き交い交易して暮らしていた。航海、漁労の技術に長けており、また水稲稲作を北部九州に伝搬させたという。

続いて「わだつみの神」

阿曇族が信仰する神がわだつみの神である。古くは志賀島の北端、勝馬の地に三社形式で龍宮と呼ばれる御社《おやしろ》が存在した。いつの時代か、島の南端、志賀島地区の東よりの勝山《かつやま》の中腹に移る。志賀海神社《しかうみじんじゃ》である。代々阿曇氏が宮司を務める。

その他にも「神功皇后の伝説」「万葉歌と防人」「元寇」時代を追って様々な歴史がある。

自然も豊かである。島全体をマテバシイなどの、樫・椎系、タブ類の広葉樹が覆っている。小さな島ながら幾筋も川が流れる。

海は、天然のわかめ、サザエ、アワビが取れる。北海岸沖の定置網からとれる地魚の干物などは近隣の町々で好評である。新鮮な旬の魚料理を目当てに志賀島を訪れる人たちも多い。夏の季節は、透明度の高い海に連日多くの海水浴客が訪れ、海のレジャーを楽しむ。

片岡は手製のガリ版刷りのテキストを配った。この日のテーマは「万葉集」である。一ページ目に、

「沖つ鳥　鴨《かも》とふ船は　也良《やら》の崎　たみて漕《こ》ぎ来《く》と聞えこぬかも」

とある。

「志賀島には万葉集の歌碑が一〇基建っているが、この歌は第九号歌碑。そら、そこに石碑が建っているだろう」

片岡の指さす方に、事務所の二階の窓からすぐそばに、石碑が建っていた。

「この歌碑だ」と言って、

「沖つ鳥は鴨の枕詞。鴨とは、志賀の荒雄《あらお》という船乗りの船の名前。奈良時代に、大宰府の命で宗像の津麻呂《つまろ》に代わって対馬に食料を送ることを頼まれた荒雄が、途中暴風雨により帰らぬ人となった。也良の崎は、向こうに見える能古島の岬のことだよ」

片岡は、事務所の窓から能古島の北の先端部分を手で示した。

「荒雄の乗った鴨という船が、也良の崎まで漕いできたとは誰も言ってこない。荒雄の生還がかなわぬことを家族が悼《いた》んだ歌だね」

「海の遭難が多かった」

誰とはなく言い洩らした。

「古代から奈良時代に入って、船の構造や操法が格段に進歩したけど、それでも海の遭難は絶えることがなかった。だから、神に祈ることがより切実なものになる。わだつみの神は時代を超えてこの島の者たちの畏敬と畏怖の対象だった」

片岡は、他の志賀島の万葉歌碑の場所と歌の意味についても講義した。

第一号歌碑

「ちはやぶる　鐘《かね》の岬《みさき》を　過ぎぬとも　我は忘れじ　志賀の皇神《すめかみ》」

「意味は、鐘の岬を過ぎたけれど、私は海の守護神である志賀の皇神を忘れない。志賀の皇神とは、海神、わだつみの神のこと。鐘の岬は、宗像の『鐘崎《かねさき》』というのが定説だが、志賀島の『叶崎《かなのさき》』ではないかという異説もある。あの金印が発見されたという場所だ。私は叶崎がふさわしいと思う。鐘崎には近くに宗像三女神がいるから、志賀島のわだつみの神のことは、その場所では詠みづらいと思うね。博多港から船出して、志賀島の叶崎を通り玄界灘を経て奈良の都に向かう官人が、旅情を詠んだ歌だと思いたい」

第二号歌碑

「**志賀の山　いたくな伐りそ　荒雄らが　よすがの山と　見つつ偲はむ**」

「意味は、山の木をひどく伐採しないでください。いまだ帰らぬ荒雄のゆかりの山を見ながら、彼を偲びたい」

この歌を教わっていると、

（この島でリゾートの開発などしてもいいのだろうか）

と寺田は疑問に思う。

（万葉歌はまるで我々の仕事が島に対する背信ですよと、訴えているみたいだ）

と寺田は悲しくなった。

第三号歌碑

「**志賀の白水郎《あま》の　釣りし燭《とも》せる　いさり火乃《びの》　ほのかに妹《いも》を　見無《みむ》よしもか裳《も》**」

「意味は、志賀島の海人が、沖で灯している漁火のように、ほのかにでも自分の帰りを待っている妻を見ることができたらなあ、と郷愁を込めた歌だ」

「白水郎と書いてアマと呼ぶのですか」

寺田は白水郎とアマ（海人）の結びつきが良く分からない。

「海の漁労生活をしている者たち、海を交易の場とする者たち、海人を白水郎といったものだ」

白水とは中国の地名だそうである。その地に水に潜ることの上手な者（郎）がいたことから、海人（アマ）のことを白水郎と呼んだという。

（白水郎か。妙に印象に残るな）

寺田は語感といい、字並びといい、違和感を抱いた。

このあとも第一〇号歌碑まで片岡の講義が続いた。

「このあたりの講義は、好きな者は好きだがね。若いあなた達にはあまり面白くないかもしれないね」

片岡は気の毒そうに思い遣る。

「いや、そんなことはありませんよ」

寺田はそう返したものの、片岡の言う通りかもしれない。

前回までのテーマは、阿曇族、わだつみの神、神功皇后伝説、元寇ときて、今回は万葉歌である。

「片岡さん、金印はいつやるのですか」

寺田は催促気味に問い質した。

「金印は志賀島のとっておきだからね。そう急がんでもいいよ」

片岡はその言葉を受け流した。

「次回のテーマは、何ですか」

同僚の星が尋ねた。

「勝馬に行って現地で講習するとしょうか。復習も兼ねてね」

片岡は寺田らに提案した。

「いいですね。お願いします」

生徒らは片岡の提案を受け入れ賛成した。

寺田は会社の経費で講義の謝礼を用意していたが、片岡は「そんなつもりはない」と固辞していた。そこで次回は、勝馬の料理屋で昼飯をとり謝礼をその食事代にあてることにして、片岡の了解を得た。


昭和六二年、リゾート法（総合保養地域整備法）が施行され、世はリゾートブームに沸いた。地価が高騰しバブルの引き金となった。

志賀島もリゾート開発地域の一つになり、昭和六三年からJ社がその開発に乗り出した。まずは開発全体の基本計画と用地の取得から始まる。全体の基本計画はすでに出来上がっていた。

開発用地の取得については、志賀島を担当する社員が、志賀島、弘、勝馬の各地区の自治会に働きかけ、地権者宅を何度も訪問し説得して廻った。あらかた契約先の地権者も決まったところで、会社は、地区毎に地権者との確認書を取り交わした。それも、昨年、平成二年の年末に終了した。

年が明けて寺田に志賀島の仕事が回ってきた。平成三年の二月から、寺田は、志賀島の土地の取りまとめと開発推進の役割を担当することになった。まずは用地の確保のため、交渉相手の地権者の家々を訪問するのが主な仕事になる。

志賀島は今では陸続きだが、戦後まで孤立した島であった。海の中道の中央部の西戸崎から大岳を通り志賀島に向かうと砂浜の中を道が走る。左右に海が見える。この砂嘴の先端部の砂浜を地元の者は「ミチキリ」と呼んでいる。島と砂浜が繋がっていないときの名残の呼び名であろうか。道が切れると。

海は、左手に博多湾、右手に玄界灘。博多湾は、波も穏やかで海の色もうす黒いが、玄界灘は、波は荒く、海は白と青を合わせたような色である。寺田は車でこの「ミチキリ」を通るたびに、その対比が面白いと思う。

寺田は、志賀島のことについては、この担当になるまで何も知らなかった。夏に海水浴に二度行った程度である。

この島は福岡市東区に組み込まれているが、昭和四六年（一九七一）までは粕屋《かすや》郡《ぐん》志賀町であった。志賀島と大岳、西戸崎が町の区域となる。志賀海神社の先代の阿曇磯貴宮司が長らく町長を務めた。志賀島では、今でもわだつみの神の信仰が強いので、宮司に対する町民の思いは、まるで神に接するかの如くであったという。

志賀島は、福岡市街地まで車で一時間余りだが過疎化の波が押し寄せていた。若者は島を出て外に仕事を求めるから農業も漁業も後継者不足であった。勝馬と志賀島の集落の二か所に小学校があるが年々学童の減少が続いていた。農地は次第に放置され山林化している。漁船の数も減り続けている。

リゾート開発が進めば、土地の売却も賃貸も可能となる。また、開発により島民の雇用が増えるだろうし商店も潤うだろう。そのため概ね地元民は歓迎の意向であった。

漁師を除けばの話である。

漁師は、土地を持たないからその潤いも期待できないし、リゾート開発により山が荒らされるのを嫌がった。


リゾート計画は、内容も多岐にわたり大掛かりなものであった。計画用地は、主に山手の土地が対象となったが、その広さは一五〇ヘクタールに及ぶ。島の面積のおよそ三分の一を占める。投下資金は約七〇〇億円余の予定である。

志賀島の山頂部の潮見台《しおみだい》のすぐ下の平地に、一〇〇室の三階建てホテルが建つ。玄界灘や福岡の街など三六〇度の眺望が開ける。

島の西寄りの赤石《あかいし》という高台に、コンドミニアムが建つ。糸島方面の海を見降ろす眺めが得られる。夕日がさぞ美しいだろう。

赤石の北側の勝馬寄りの高台に、観光農園を整備する。農園周辺に遊歩道が周回し、畑があった広い中央部に、春は菜の花、夏はヒマワリ、秋はコスモスが咲く。

島の南側の斜面には、戸建ての別荘が五〇棟ほど建つ。日当たりは申し分なく、福岡の夜景が絶妙だ。

それら施設を外縁として、その中にゴルフのショートコースやテニス場他、各種スポーツ施設が配置される。

サンフランシスコのミッションスクールも誘致する予定で、その校地も確保された。

海辺には、ヨット、カヌー、サーフィンなど海洋スポーツの施設と、おしゃれな海の家が立ち並ぶ。

建築物もさりながら、各施設の底地は平面に地ならしされ、各ポイントを結ぶ道路は新しく取り付けられ、新道には相応しい樹木が植えられる。大規模な土木工事が予定されていた。

夢のような計画である。

寺田は、果たして、このような開発計画が実現するのであろうかと一抹の不安を覚えつつも、そのような疑念を打ち払う当時の世相が覆っていた。その頃は、全国各地にこのようなリゾート開発の計画が、雨後《うご》の筍《たけのこ》のように申請されていた。

(この計画の実現には二〇年以上かかるだろう。計画が全部実現した頃は、俺は定年を過ぎている。この計画を俺のライフワークにするよりない)

寺田は覚悟を決めた。

志賀島は、島全体が都市計画法の市街化調整区域（市街化を抑制する地域）であり、農地は、農地法により農地の移転や転用に制約がある他、農業振興地域として農用地区域に指定されていた。勝馬地区は、自然公園法により玄海国定公園の一部となっており、森林法による保安林指定もある。

本来ならこれらの法規制が、二重、三重に縛り、開発などできないのだが、その規制を一定の要件を充たせば開発できるとしたのがリゾート法である。カラクリ話のような法律である。

平成二、三年は全国の開発ブームで、地価が高騰し金利も高騰し続けたが、資金需要が未曽有《みぞう》に高まり、銀行は市中に潤沢に資金を提供した。一介のサラリーマンでさえ、銀行から借り入れして不動産や株式に投資した。

株価も上昇を続け、このまま好景気が何年も続くようにも思われた。異常な時代だが、誰もその異常を異常と思わなかった。

J社の社長は「志賀島を丸ごと買ってしまえ」と冗談とも本気ともとれる発言をした。

J社の社長はオーナー社長で、親分肌で口は悪い、誰でも呼び捨てにした。その影響で、J社の会社の上司は部下を呼び捨てにした。寺田は品のない会社だと最初は思った。でも、社長が呼び捨てにしても誰も嫌がる者はいない。

細かいことは言わず鷹揚《おうよう》な性格なのだろう。社員からの人望があり、誰にでも信頼され好かれるタイプの人物であった。寺田は、今までこのような特異な人物に出会ったことはない。

社長は、海外の多くの美術品やハワイの広大な土地を購入した。誰もが社長の道楽だと思っていたが、日本の不況期、海外の好況期にそれらを転売し、ある意味会社を救った。

金儲けの嗅覚が鋭い、動物的なカンが生まれつきあるのだろう。

エレベーターで相乗りになると、社長は必ず声を掛けた。

「どや」

いつも決まって「どや」である。

返す言葉がない。何をどう聞いているのだろう。仕事の話を聞いているのだろうが、エレベーターには、他社の社員もおり具体的な話などできない。

「いや、なんとか」

「そうか、しっかりな」

「はい」

「頼むぞ」

「分かりました」

禅問答のような会話が続く。愛すべき人格だ。

社長は、志賀島に戸建ての住宅ができると、そこで余生を過ごしたいと口癖のように言っていた。


寺田らは、地権者との間で次々に土地の売買契約、賃貸借契約を交わした。売買と賃貸の契約を分け、平米単価を各々一律の価格として、公簿《こうぼ》面積を掛け合わせて契約価額とした。市場価格よりかなり高く設定した。

地積測量は行わなかった。筆数は二〇〇〇筆を優に超えるし、土地がまとまっていけば外縁だけの測量で済む。その費用と手間を考えると測量は後回しにせざるを得ない。とはいっても、契約用地がどの土地かの特定は必要だから、寺田らは用地の見分に山間を歩き廻った。土地の境界と思われる地点には、目印として切り込んだ青竹をとりあえず挿した。地目は、ほぼ山林か田、畑である。

寺田らが不思議に思うのは、農地（田・畑）の筆数の多いことである。島の山頂部の潮見台から島を鳥瞰すると、マテバシイの群生が繁茂し、全体が山林としか見えない。農地などあるはずがないと思われる。

実際は、計画用地の山林と農地は、ほぼ同じ面積を占めていた。公図《こうず》から計画地全体の地目地図を作ってみると、驚くほどの農地があらわれた。

寺田ら六人は、契約用地の他にも、リゾート計画の予定地全体も見て廻った。一五〇ヘクタール。東京ドームの一〇〇倍を超える広さがある。予定を立てて幾日も分けて見て廻る。

志賀島の自然の山は外から見ると美しいが、中に入ると木枝が絡み、葛《かずら》が巻き付き、藪蚊やクモの巣や、でこぼこの起伏など荒れ放題で、容易に前に進めない。道のないところを切り開きながら進むのだから時間もかかる。

計画用地の中央部辺りの山の中腹に、くぼ地の両端が平らに整地され、石垣で囲われている場所があった。その上段も、更にその上も石垣が連ねる。今は放置されているが、ミカン畑があったとみえ、背丈の伸びすぎた樹木の上に古い夏みかんの実が成っている。多くの竹が侵入したり、薮が覆ったり、土地は山林化しているが、明らかに農地であったことが分かる。

島の農地は、夏みかん、ビワ、ソルダム（すもも）などの樹木系の果樹畑が主流だが、それも戦後のことで、以前は水田や畑であったという。

「この山の中に、かなり広い範囲で農地がありますね」

同僚の瀬戸が首を傾げて口走る。

「本当にね。こんな山の上まで切り開くのは大変な労力がいるよ」

寺田が不思議そうに言葉を返した。


ある日のことである。

島の山頂の潮見台から、勝馬の方に尾根道を進み脇道に入った。狭いけれど里道《りどう》なので歩きやすい。しばらく進むと、大きなカラスの死骸が眼の前に現れた。

「なんだ、これは」

誰かが叫んだ。

「ああ、びっくりした」

しばらく後、止めた息を大きく吐いて同僚の星が言った。

カラスは藁綱《わらつな》で両足がくくられ、杉の木の枝から逆さにつるされていた。黒いベタ付いた羽根が大きく伸ばされている。

後で聞いた話によると、冬から春にかけて朝鮮半島からムクドリの大群が渡ってきて、畑の野菜や果樹を荒らすそうだ。そのムクドリ除けにカラスが逆さにつるされている由である。

「怖いな、薄気味悪い」

誰となく言った。

「陽が高いからいいようなものの、暗いと気絶ものだね」

星が念を押した。

杉の木の向こうには畑があった。

「へー、こんな場所にも畑があるのか」

今も使われている野菜畑である。

「周りは、風よけの木々に囲まれているが、陽は良く当たっている」

寺田は巧みな作りの畑に感心した。

更に里道を進むと道も行き止まりになった。大きな岩場が寺田らを遮った。岩場は脆い岩質でぽろぽろと土砂が崩れ落ちる。相当の高台にあり、木々の隙間から玄界島らしき島と海が見えた。この辺りの樹木を伐採すれば糸島半島から玄界灘への良い眺望が得られようと思われた。

この岩場がイワクの場所であった。

万葉歌の講義から一週間経って、濃青の秋晴れの下、午前一〇時過ぎに、プレハブの事務所の前から車三台で勝馬に向かった。片岡とその生徒九人である。

約束の勝馬の現地講習である。

島の周回道路を左に廻り、金印公園、元寇の慰霊塔、弘の集落を過ぎて勝馬に至り、まずは国民休暇村前の駐車場で降りた。道路の向こうに砂浜と海が見える。

「きれいな砂浜だ」

誰となく呟いた。

博多湾岸とは違い玄界灘に面しているから、波が高く荒い。夏は海水浴客で賑わうというが、もう夏は過ぎているから人もまばらである。

片岡は、九人の生徒が揃うのを待って解説した。

「この浜辺を『下馬《げば》が浜』という。神功皇后伝説では、神功皇后が三韓征伐を終えた後、九州本土の最初に上陸した地点とされる。本当は下船だと思うが、下馬という言葉がいかにも戦いが終わって凱旋したという雰囲気が出ているね」

片岡は、少し風が強いので声を強めた。

「浜の東側の向こうに小さな島が見えるね、沖ノ島という。わだつみ三神のうち、ウワツワダツミ（表津綿津見）の神が祀《まつ》られている沖津宮がある。その手前のこんもりした丘が中津宮、ナカツワダツミ（中津綿津見）の神が祀られている」

一行は、海とは反対側の国民休暇村の裏手に廻った。

「下の方に球技場が見えるね。ずいぶん広い低地だろう。ここは大浦と呼ばれる地域で、字名も『大浦《おおうら》』というから、昔は入江があった。大浦から東向こうの勝馬の田畑、更に奥の勝馬集落にかけて低地が続く。そこから北へ勝馬小学校のあたりまで低地が続き浜に至る。おそらく鎌倉時代くらいまで大きな入江であったろうと思われる」

「へえー、この辺り入江だったのですか」

星が口を挿んだ。

「入江は、沖津宮、中津宮、辺津宮《へつぐう》の三宮を浮かび上がらせて、その周囲は海が取り囲む。かなりの数の船が出入りできる天然の良港であった。博多湾から壱岐や対馬に船で出るにはこの玄界灘を乗り越えなければならない。そのための汐待をする港になる」

古代は海の嵩が大きく、博多湾には大きな入江や水道などの天然の良港が多かったという。

(古代この場所には、今とは違う異次元の世界があったのだなあ)

寺田は、水を湛えた大きな入江に、多くの船が停留し行き交う様を想像した。

国民休暇村から東に向かうと、少し小高い所に万葉歌碑がある。第五号歌碑である。その隣に荒雄の碑があった。

「**大船に　小船引きそへ　かづくとも　志賀の荒雄に　かづきあはめやも**」

と刻まれている。

「意味は、たとえ大小の船を出して大勢の人々が海中に潜《もぐ》ったとしても、志賀の海人の荒雄にめぐり会えるだろうか、おそらく会えないだろう。これも荒雄を悼む歌碑だ」

「荒雄の遭難が余程こたえたのですね」

荒雄の歌が多いのは、海の厳しさ過酷さを象徴するものだろう。

次いで、車を乗りついで近くにある料理旅館の海幸屋《かいこうや》に到着した。寺田は海鮮ランチを予約しておいた。

「志賀島の地魚はうまいよ」

片岡が心持ち自慢した。

「ビールがあれば、もっとうまいのでしょうが」

寺田が茶化し気味に応酬した。

「やや、それを言わんでくれ」

片岡が残念そうに遮った。

「片岡さんは勝馬にはよく来るのですか」

片岡は海幸屋の大将とは馴染みのようで、それで寺田が問い掛けた。

「この辺りは玄海国定公園で風景もよいし、何より海神信仰の中心地だからね。ただ夜は怖いよ」

「やっぱり」

「えっ。何がやっぱりだ」

寺田は初めて勝馬を訪れた夜を思い起こした。

料理が運ばれ刺身を口にしながら、片岡は話を続けた。

「ここの北側はすぐに勝馬小学校があり、その向こうが中津宮だね。最近、頂き部分の御社《おやしろ》の前で発掘調査が行われ箱式の石棺が現れた。時代はぐっと下がって古墳時代のものとされているがね」

「志賀島には、金印は別にして遺跡、遺物が少ないですよね」

寺田が常々の疑問を尋ねた。

「あちこちから点々と古墳や住居跡、土器や青銅器などが出てはいるが、いずれも小規模なものだ。また古墳時代のものが多く、金印の時代のものはほとんどないだろう」

「阿曇族はこの島に住んでいたのですか」

寺田は古代の海の丈《たけ》からして、人の生活の場は少なかろうと考えていた。

「金印の時代の志賀島は、今よりずっと海の嵩が大きく低地の少ない岩礁の島だったろう。阿曇族はかなりの人数の集団だから、西戸崎、奈多、三苫、また新宮から古賀にかけて住んでいたと思う」

「阿曇族はどのような生活をしていたのでしょうか」

「海に潜り、サザエやアワビを採り、魚釣り、漁を行い、また豊富な貝を採取した。元々は漁労の民だからね」

「いわゆるアマ（海士・海女）ですか」

「それだけではなく、新宮や古賀の内陸では稲作を行い米を作っていただろう。でも阿曇族の特色は広く国内や朝鮮半島との交易だから、大部分の者は遠方に船で出かけただろう」

「阿曇族は死者をどう葬ったのでしょうか」

寺田は、これも常々疑問に思っていた。

「私は海葬だと思うね。遺体を船で沖に運び、重しをつけて海に沈め、その身をわだつみの神に捧げる。おそらく縄文人の風習を受け継いだものではなかろうか」

「なるほど、だから古墳も少ないのですね」

食事が済んで、海幸屋の裏から勝馬小学校の門前を通って浜に出た。眼の前に沖津宮が見える。潮が引いて歩いても渡れそうだ。

「この浜は『舞能《まいのう》が浜』という。今は砂地も少ないが、潮流の変化で広い浜になったり磯になったりもする。神功皇后伝説では、戦勝を祝って舞いが行われた。筑紫舞はその伝統を受け継いでいるという」

一行は連れ立って道を引き返し辺津宮跡の林の中に入った。龍宮と呼ばれる御社があったところである。今は何もない単なる林である。

その林の中ほどに立ち入ったところで、片岡は今までにない高い口調で語り始めた。

「ここに堂々の色彩豊かな御社が建ち、神に仕える神官や巫女《みこ》が御社に詰め、阿曇族の多数の者たちがお祈りをしている姿を、想像して御覧なさい。

この周囲の入江に多くの阿曇の船や他所から来た形も大きさも違う船が並ぶ情景を、想像して御覧なさい。

より大きく飾り豊かな一艘の船に、阿曇の君が多くの伴を従えて立ち上がっている姿を、想像して御覧なさい」

「うーん……」

そう言われて、或いは眼を閉じ、或いは空《くう》を見つめた。

「私は、ここに来るといつもこの想像をしては身を震わせる。この辺りは発掘調査がされていない。発掘すればいろんなことが分かると思うのだがね」

「わだつみの神はなぜ三神なのですかね。一神でも良さそうですがね」

寺田は、この三つの宮を見やりながら問い質した。

「いい質問だね。当然の疑問だ。住吉の神も三神だし、宗像の神も三女神だ。日本神話の神様も三神セットが多いからね。日本の神様は縄文人に由来する。日本のような天変地異の多い自然、風土に照らすとこの世に絶対的なものはない、至るところに神様ありという相対的な価値観が土台になると思う。『すべて』のものの価値は同じであり、その『すべて』を三で表したと思う」

「相対的な価値観？」

星が成程と反芻《はんすう》した。

「大和朝廷が天皇を万世一系にしたのが絶対神の始まりではないだろうか。天皇を遡っていって、その始源が三つでは一系にならない。そこで絶対神アマテラスの登場となる。もっともそのアマテラスも伊邪那岐《いざなぎ》の禊《みそぎ》で生まれたスサノオ、ツキヨミとの三兄弟の一人だがね」

こういう話になると片岡もニコニコする。これも片岡の持論なのだろうと思った。

「勝馬から志賀島地区に志賀海神社が移りますが、いつ頃のことでしょうか」

瀬戸が尋ねた。

「七世紀に阿曇族の族長の阿曇比羅夫《あずみひらふ》が、白村江《はくそんこう》の戦いで日本海軍の司令官を務めている。多くの阿曇族が従ったが、戦いに敗れ、比羅夫は戦死し、多くの阿曇族の民と船が失われた。その戦いの後、日本は唐、新羅と断交し一種の鎖国状態になり交易の道が途絶えた。これが阿曇族の離散に繋がり、龍宮は廃墟となった。その後、志賀海神社とわだつみの神が復活するが、その復活の時代がいつなのかは、私には分からない」

「ふう、分かりませんか」

瀬戸は、少しがっかりしたように呟いた。

「志賀海神社の社伝によれば、志賀海神社の遷移は阿曇磯良《いそら》が活躍した神功期とされているが、時代はもっと下ると思うよ」

片岡は社伝を否定してまで、こう言い切った。

一行は、海幸屋に戻り駐車場から車に乗り、勝馬の集落を通りぬけて山道をたどり勝馬の南の高台に入った。

「旧勝馬小学校の跡地」と刻まれた石碑がある。

「昔は弘地区から勝馬地区に入る海岸の周回道路はなかったから、弘から勝馬に抜けるただ一つの道の中間地点に小学校が建てられた。勝馬と弘の児童がここに通った。今は周辺の樹木が生い茂って見えないが、樹木を切り開くと当時は北方の海から玄界島、糸島の北部まで見渡せたよ」

「えっ、片岡さんは、ここで海を見渡したのですか」

「いや、冗談だよ。だったらの話だよ」

勝馬小学校は、とうの昔に勝馬の中津宮の南に移転している。

「この辺りは字名で『高麗囃《こうらいばやし》』という。これも神功皇后伝説に由来するものだ」

(高麗囃というのか、神功皇后の三韓征伐での捕虜が奴隷となり集団で生活した場所なのだろうか。奏でる鳴り物が物悲しいようだ)

と寺田は想像した。

「一帯は広く馬蹄《ばてい》形の形をした地形ですね。周辺を樹木が囲んでいるし高台だから、この広い農地が外からは見えませんね」

寺田は何気なく言った。

この農地も、潮見台近くの岩場と同じくイワクを持つ場所であった。


そこから細い山道を車で下り、弘地区から元寇の供養塔の下の駐車場に着いた。細い石段を一〇メートル位昇ったところに供養塔が建てられていた。

「元寇史跡　蒙古塚」と刻まれている。

「この周辺の字名は『首切《くびきれ》』という。元の捕虜が首を切られた場所の高台に慰霊塔が建てられた」

文永一一年（一二七四）、文永の役で、撤退する際に座礁した蒙古兵が志賀島で捕虜となり、二〇〇人余ほどがこの地で斬首されたという。

「ふう、生々しい話ですね」

寺田は、首切という字名の由来ともども少し怖気《おじけ》づいて言った。

弘安四年（一二八一）、弘安の役では志賀島が戦いの舞台となった。博多湾に現れた元軍は、博多湾岸の防塁からの上陸を避け、陸繋島《りくけいとう》である志賀島を占領し軍の停泊地とした。日本軍は海上と海の中道の陸路から元軍に総攻撃を行った。この志賀島の戦いで日本軍は大勝し、元軍は志賀島を放棄して壱岐島へと後退したという。

島内に残る火炎塚では、高野山の僧侶によって敵軍退散の祈祷が行われたという。

一行は、供養塔の階段を下り車に乗り込み、金印公園を左手に見ながら事務所に帰り着いた。

「片岡さん有難うございました。良い現地講習でした。大変勉強になりました」

寺田が言い、一同揃って片岡に礼をした。

「いや、そうまでしてくれる程でもないよ」

片岡は照れながら言い添えた。

一種の観光巡りではあったが、片岡の解説があったおかげで、寺田らは志賀島の歴史が一層良く理解できたと思った。

5　藩校の設立と金印の発見

天明三年（一七八三）六月、藩家老の久野と野村の強い後押しもあり、南冥は福岡藩より藩校の設立の命を受ける。一〇月には藩校の建設が始まった。

ほぼ同様に、竹田定良にも藩校の設立が命じられた。

天明四年（一七八四）二月一日と六日、福岡藩では、東西の学問所として修猷館と甘棠館が開校した。

修猷館は、福岡城、上之橋大手門前に建てられた。貝原益軒の流れをくむ世襲の藩儒、竹田定良が祭酒（館長）となり、朱子学を基礎学問とした。主に中上級の武士の子弟を対象にしていた。

甘棠館は、南冥の居宅兼私塾があった唐人町の土地の横に、士族屋敷二棟を取り壊し建てられた。亀井南冥が祭酒となり、儒学でも荻生徂徠の古文辞学を基礎学問とした。唐人町の隣の地行《じぎょう》や、黒門から西の今川地区は、下級武士や足軽長屋が多く、それらの者が入門の対象になった。

南冥の私塾には、博多の商人や才能のある百姓の子弟も入門していた。福岡ばかりでなく各地から南冥の学識を慕い入門する者も多かった。

（やっと、念願のわしの藩校ができ上った。治之公に約束していた通り、これで存分に藩の子弟の教育ができる。有為な人材を藩に送り込むことができる）

南冥は素直に喜んだ。

南冥は、私塾に通う多くの商人やわずかだが中上級武士からも祝福を受けた。博多の商人から高価な貢物が数多く贈られた。

（藩校の立派な建物と施設は整ったが、その中身が問題だ。今からが勝負なのだ）

南冥は気を引き締めた。

この当時、全国の各藩では藩校の設立が相次いだ。九州の藩では、宝暦五年（一七五五）に熊本の時習館、安永二年（一七七二）に鹿児島の造士館、天明元年（一七八一）に佐賀の弘道館。

福岡藩はそれら藩に遅れて設立されたが、二校同時設立という他藩とは違う稀有《けう》な例となった。治之の遺言では南冥の藩校だけを認めているようにも読める。しかし、中上級武士の子弟が南冥の藩校に通うであろうか。その上、福岡藩には、学問の頂点に偉大な貝原益軒がそびえたつ。その流れをくむ筆頭藩儒の竹田家を外すわけにはいかない。

譜代の中上級武士が慕う貝原益軒の朱子学を伝える修猷館と、にわか武士だが学識と教育に優れる古文辞学の甘棠館、相反する性格を持つ両校が競い合って諸学を守り立てる、という趣旨で二校同時開校となったのであろうか。

が、水と油は相交わることはない。南冥も竹田も態度にはあらわさないものの内なる対抗心、敵愾心をもって臨んだ。このことが、前半の甘棠館の興隆となり、後半の甘棠館の凋落に結びついた。

開校当初、南冥は竹田宛に各藩校の繁栄をめざし互いに協力し助け合うべき旨の書簡を送っている。これに対し竹田も賛同の返書を送るが、貝原流の朱子学を受け継いでいるという自負が垣間見られ、南冥は一種不快の念も禁じ得なかった。

南冥は、竹田の茫洋とした容姿を思い浮かべた。寡黙で自らの意思を表すことは滅多にない。才あってその形態であれば不気味さも覚えるが、才無くてはただの凡庸としか思えない。南冥は取るに足らぬと見下していた。竹田と己が両天秤に量られることなど、ありえないと思っていた。

その年の二月二三日、志賀島で金印が発見された。藩校の創設から一か月も経っていない。

その経緯は、次の通りである。

志賀島の百姓、甚兵衛が志賀島村の叶崎という所で、田の溝の修理をしていたところ二人持ち程の大きな石が出てきた。それを取り除こうとすると石の間に光るものが見えた。金梃子《かなてこ》で石を持ち上げると、文字の刻まれた小さな金塊であった。

由緒のあるものであろうと、甚兵衛の兄の喜兵衛は、博多の商人米屋才蔵にその金塊を持ちより伺った。才蔵も貴重なものだとは分かるが、ただ大事に保管するように促しただけに終わった。

二〇日程して志賀島を治める郡奉行《こおりぶぎょう》の知るところとなり、金印は、発見の経緯を述べた口上書とともに、郡奉行の津田源次郎に提出された。口上書には発見した甚兵衛が署名押印し、庄屋の武蔵、組頭の吉三と勘蔵が連署押印している。

郡奉行の津田は金印を藩に提出した。藩は、開校したばかりの藩校の祭酒、甘棠館の亀井南冥と修猷館の竹田定良に提出の日時を定めて鑑定を命じることにした。

福岡城は大きな堀に囲まれ、北側の二の丸入り口に二つの橋がある。上之橋《かみのはし》、下之橋《しものはし》という。南側に一つの橋があり、追廻橋《おいまわしばし》という。三つの橋で城内に入る。西には広大な大濠がある。

上之橋を渡り大手門をくぐると、三の丸の家老級の広い屋敷が立ち並ぶ（もと平和台球場跡地、今は鴻臚館《こうろかん》跡地となっている）。そこを抜けると一段高台の二の丸に入る石段がある。その東御門をくぐると、すぐに二の丸御殿の玄関がある（今はサッカー・ラクビーの球技場になっている）。

修猷館の竹田定良は上之橋大手門から、甘棠館の亀井南冥は下之橋大手門から登城した。

各々、二の丸御殿の小書院に入った。家老の久野外記が上座に座り、脇に二人の年寄と二人の家老付きが供えた。

下座に竹田と南冥が並んで坐した。

久野から二人に対し、小さな物を指しながら、

「先だってこのような金印が藩に提出された。文字も刻まれており由緒ありげなものとみえる。藩で吟味したが詳しくは分からない」

久野は幾分勿体をつけて言う。

「丁度、わが藩にも藩校が設立されて、いい機会でもある。修猷館と甘棠館の祭酒である、そなたら二名にこの金印の鑑定を命ずる。一か月以内に鑑定の結果を提出せよ」

「はは、承りました」

竹田と南冥の各々が返答した。

久野は二枚の紙を取り出して、

「金印の印文はこの紙に押捺して、印影はこの通りだ。この金印は、この場で各々拝見した上、一〇日ずつ竹田と亀井で持ち廻るように」

久野はその書面を家老付きから各々に渡した上で指示した。

金印そのものも、家老付きから竹田へ、竹田から南冥へと手渡された。

竹田と南冥は各々、角度を変えては暫し金印を凝視した。

「持ち廻りは竹田殿から」

南冥は金印の持ち廻りの先後を竹田に譲った。

返事はなく、眼と眼を交わした。

竹田は黙々と金印を大事そうに布袋に入れた。

二人は小書院を退出し二の丸から三の丸に出て、西と東に分かれた。その後一〇日程して、金印は修猷館から甘棠館の南冥の許に届けられた。


竹田は修猷館の開校直後の慌ただしい中、金印発見の現地を見に行くことにした。竹田と修猷館の教授ら五人は長浜から舟で志賀島に向かった。志賀島の叶ノ浜に舟を着けて、発見地の叶崎に行ったが、田の溝は修復した気配もなく、二人持ちの石も見当たらなかった。

舟で志賀島村に廻り、庄屋を訪ねても口上書の内容以上の話はなかった。組頭の吉三と勘蔵も同じ。甚兵衛の居所も訪ねたが、金印が藩に提出されて以来、行方が分からないという。

何の手掛かりも得られぬまま志賀島を去った。

約束の一か月が経って、南冥と竹田は再度登城し各々の鑑定書を藩に提出した。

南冥は、「後漢書東夷伝」を引用して金印の由来を説明し「金印弁」を著してその研究を発表した。印の寸法、重さ、素材、陰刻とその読み、発見地の詳細等を実証的に考証した。更に「金印或問《わくもん》」を添えて、九つの質問に答える形で金印の説明をした。

竹田も修猷館の教授らとの共著「金印議」を提出した。南冥と同じく「後漢書東夷伝」の金印と鑑定したが、加えて金印がなぜ志賀島の叶崎から発見されたかについて珍妙な推測をした。金印は源平合戦の壇ノ浦で三種の神器とともに海に沈み、関門海峡から響灘、玄界灘を流れて志賀島の叶崎にたどり着いたとした。

「金印弁」と「金印議」は、藩の勘定方より出版元の商人に廻され、市中に発刊された。南冥は、上田秋成や藤貞幹《とうていかん》など全国の知人・学者に印文を押した文書を送り意見を求めている。

南冥の甘棠館は、年々入門者も増え、また加増もあり、興隆を極めていた。

甘棠とは山梨《やまなし》（バラ科の樹果）のことで、唐人町の学舎に一本植えた。周の召公が民の安らかなることを見て甘棠の木の下で休んだという故事にもとづく。甘棠館には講堂、学舎、学寮がある他、その隣には南冥の居宅、私塾もあり、全体としてかなりの広さになる。教育のあり方は、先の私塾を引き継ぎ、門弟の自主性、個性を伸ばすことにあった。

私塾には、江上源蔵、原古処、広瀬淡窓など有為な人材を輩出することになる。

私塾は唐人町の南冥の私有地にあり、その隣の藩校は藩の所有地として建てられていた。藩校には福岡藩の士分ある者、その子弟しか入門できない。私塾と藩校は、その境界に塀や生け垣があるわけではなく、塾生も藩校の門弟もどちらも自由に行き来できた。講義や討論も分け隔てなく行われた。

天明五年（一七八五）五月、南冥は、望まれて福岡の支藩である秋月藩の黒田長舒《ながのぶ》に謁見し、その後毎月、秋月に出かけ講義している。

秋月藩は福岡藩の支藩で、黒田長政の三男、長興《ながおき》が福岡藩より五万石を分知され立藩した。

黒田長舒は、秋月藩の第八代藩主である。

日向高鍋の藩主の秋月種茂の次男である。種茂の母が秋月藩の第四代藩主の黒田長《なが》貞《さだ》の娘であった縁から、第七代藩主の長堅《ながかた》が嗣子《しし》を無くして早世し秋月藩が断絶の危機を迎えたとき、その血筋をもって跡を継いだ。

黒田本家も分家の秋月黒田家も、黒田如水、長政の血筋は絶えていた。

南冥は、一〇代の初めの息子昭陽を連れて秋月へ行った。若くから学儒の環境に慣れさせようという深慮があった。唐人町から唐津街道を東に、博多から日田街道を、雑餉隈《ざっしょのくま》、二日市、山家と下り、甘木の手前から秋月街道を上り、秋月陣屋に向かう。家老の屋敷に二泊し、中一日を長舒の講義に充てる。

黒田長舒は聡明な君主である。理解も早く打てば響くという師弟関係であった。南冥は月に一度の秋月詣でを楽しみにしていた。

一方の修猷館では、金印の話が市中で持ちきりの際に「金印弁」と「金印議」が発刊されたものだから、市中ばかりでなく藩内でもその評価を落とし、上級武士の中でも、その子弟を修猷館に入門させず甘棠館に通わせる者もあった。

金印が壇ノ浦で沈み志賀島に流れ着いたとは、子供の発想にもない。竹田と五人の教授らも、なぜこのような金印漂流を説いたのか悔やんでも悔やみ切れなかった。市中では笑いものに成っていた。

（あの藩校開校間もない忙しい時期に、金印の鑑定にあてる時間など無かった）

竹田は呟いたものの、弁解の余地はない。

貝原益軒を慕う藩士らは、竹田・修猷館に失望する者もいたが、逆に南冥・甘棠館に敵愾心を強める者もいた。

6　金印発見の謎

片岡の金印の講義は、神社参道沿いの御旅所《おたびしょ》近くの片岡の家で行われた。本から転写した金印の写真、口上書の写し、南冥の「金印弁」の写し、竹田の「金印議」の写し、阿曇家に伝わる金印絵図等、寺田らは、いろんな調査資料も見せてもらった。

片岡は、金印の話をする前に、志賀海神社の祭りについて説明した。

志賀海神社の例大祭は国土祭《くにちさい》と称される。その前日には隔年で神社最大の祭の御神幸祭《ごじんこうさい》が執り行われる。御神幸祭では、旧暦九月八日の夜九時から三基の神輿《みこし》が頓宮《とんぐう》まで遷幸する。頓宮では「龍《たつ》の舞」「八乙女《やおとめ》の舞」「鞨鼓《かっこ》の舞」という志賀海神社の縁起に基づく芸能が奉納される。

歩射祭《ほしゃさい》、一月一五日近くの日曜に行われる祭。「歩射」馬に乗らずに弓を射ることで、破魔・年占を行う神事である。阿曇百足《ももたり》による土蜘蛛《つちぐも》退治の伝承にちなむ。歩射では、氏子から選ばれた若者が射手衆となって参道に立てられた大的を射る。

山ほめ祭、正式には山誉種蒔漁猟《やまほめたねまきぎょりょう》祭と山誉漁猟祭。各々四月一五日と一一月一五日の春秋に行われる。神功皇后による三韓征伐の際、対馬の豊浦に滞在中に志賀の海士がもてなしたという伝説にちなむ。神事では、志賀三山の勝山《かつやま》、衣笠山《きぬがさやま》、御笠山《みかさやま》を祓い、三山をほめる。次いで狩の行事である鹿を射る所作、漁の行事である鯛を釣る所作を行う。

神楽歌の一コマとして「君が代」が、祝詞として謳《うた》われる。

君が代は　千代に八千代に　さざれいしの　いわおとなりて　こけのむすまで

「山ほめ祭では、君が代が謳われるのですか」

寺田は驚いて尋ねた。

「君が代は、明治時代初期に日本の国歌とされたよね。古今和歌集から引用したといわれる。山ほめ祭の『君が代』は古今和歌集よりもっと古い。古代から伝わる歌だよ」

三韓征伐の際に、神功皇后がこの山ほめ神事に対し、「志賀島に打ち寄せる波が絶えるまで伝えよ」と命じたという言い伝えがある。

「国歌の『君が代』の君は天皇のことですよね。天皇の御代が千年も万年も栄えるようにという意味ですね」

「古今和歌集の君は天皇のこととは限らない。単に『あなた』かもしれない」

「山ほめ祭の『君が代』の君はどうでしょう」

「そう。山ほめ祭の神事は阿曇族のものだから、山ほめ祭の君は阿曇の君となるね」


片岡は、金印の講義を始めた。

「金印発見の場所について」

金印は、その経緯を記した口上書によれば、志賀島の叶崎で志賀島村の百姓甚兵衛により発見されたとされる。叶崎は金印公園のあるところ。叶崎は海に寄り添った岬で、田畑が小さく開かれていた。その田の溝から金印は見つかった。

なぜ、こんな所からと誰もが不思議に思うのだが、いろんな説が出された。奴国王の墳墓があったという説、倭国内乱で隠匿されたという説、倭国内乱が原因で遺棄されたという説、神の依《よ》り代《しろ》となる磐座《いわくら》があったという説等々。どれも全く説得力がない。さすがに壇ノ浦から漂流したとする説はない。

「金印の大きさ、形、刻印の読みについて」

寸法は印面一辺二・三センチ、重さ一〇八グラムという。蛇紐《だちゅう》（ヘビのつまみ）には印綬《いんじゅ》という組みひもを通す空間が設けられている。刻まれた印文は篆書《てんしょ》で「漢委奴国王」と書かれている。

漢委奴国王の委奴は、イトと読む説もあるが、当時の中国の発音から「委奴」を「イト」とは読めない。通説のように「漢《かん》の委《わ》の奴《な》の国王《こくおう》」と読むべきだ。金印は漢から倭の奴国王に送られたものだ。

委は倭の略字で日本全体を指す。倭という特定の国家があったわけではない。大宰府に残る唐代に編纂された「翰苑《かんえん》」には、光武帝が与えた印の鈕《ちゅう》（つまみ）には紫色の綬《じゅ》（組みひも）が結《ゆ》わえられていたと記されている。紫色の綬は、金印とセットになる。

「金印の使用について」

金印の印字は陰刻で封泥《ふうでい》として用いられた。文書類を入れた容器を封じる際にくくった紐《ひも》の一部に泥を塗り、その上に捺印したもの。それにより封泥を壊さない限りは、容器の中身の秘密が保たれることになる。

光武帝からの金印の授与は、単に権威付けのための贈答品と考えることもできるが、後漢の洛陽はともかく楽浪郡には、朝貢のため、また交易のため、頻繁に行き来があり、金印もしばしば使用されたと思う。

「金印の保管について」

倭では、金属、特に鉄の素材（鉄鋌《てってい》）が大量に輸入されていた。鉄鋌は武器、農耕具、諸道具の素材として加工され、また貨幣の代用品としても用いられた。鉄は青銅に比べ堅くて鋭利なため飛躍的に時代を変えた。軍事、農業、製造、建築、土木の一種の革命といえる。

鉄の交易の橋渡しは阿曇族が担当した。奴国の国王から阿曇族に金印の保管の委託があってもおかしくはない。

「金印偽造説について」

金印偽造説も昔から根強いが、江戸時代の知識で今の金印を作り出すのは不可能に近い。金印の一辺は漢代の一寸にあたるが、その漢代の一寸の長さが判明されたのは最近の事である。

近年、中国の江蘇省で廣陵王璽《こうりょうおうじ》の金印が出土し、その寸法、字体が似ていることから同一工房で作られたのではないかともみられている。

「金印模造説について」

戦前、黒田家には金印が二個あってどちらが本物か分からないという記事も出た。蛇鈕（へビのつまみ）の蛇のうろこの細かさや文字の陰刻の切れ筋などを見ると、とても二〇〇〇年前のものとは思えない。

金印が発見された江戸時代の天明期から明治を経て現代にいたるまで、誰の眼にも触れられず蔵にしまわれたままなら別だが、金印を管理する者はいたはずだから、その者が優れた印刻師に頼めば、模造することもそう難しいことではない。

「役割を終えた金印について」

金印は後漢が衰退し魏が勃興すると共に役割を終える。邪馬台国時代に、卑弥呼は魏から「親魏倭王」の印を贈られ、漢の金印は本来の使命を失う。

「その後その金印はどうなるのか、どうされるのか、皆さんに考えてもらいたい」

片岡は金印の講義を締め括った。


一息ついて、寺田は話題を変えた。

「片岡さんの趣味は切手収集だそうですね」

そのことは、地権者から聞いていた。

「そう、皆さんにお見せしようか」

片岡も来客があるたびに披露していた。

「是非、お願いします」

皆一同、眼を輝かせた。誰もが片岡の切手の趣味を知っていた。

片岡は箪笥の下にある扉を開いて、何冊ものアルバムを持ってきて寺田らの前に並べた。

寺田はそのアルバムを見て眼を見張った。

「写楽」「見返り美人」「ビードロを吹く女」「月に雁」などの名のある切手がシートで収めてある。しかもそのシートもそれぞれ一〇枚はあろう。一品一品もかなりの物だが、その量にも圧倒される。

寺田も子供の頃、切手を集めていた時期があった。しかし、こんな光景に出会ったことはない。切手収集家が見たら垂涎ものだろう。

「戦後間もなくから、記念切手は、郵便局から出るとすぐに買っていた。大型の綺麗な彩色がたまらなくてね。切手商から買ったものは一枚もない」

片岡はやや自慢げに言葉を入れた。

「これは豪華な宝物ですね。こんなの見たこともありません」

寺田は改めて片岡のすごさを感じた。

「古代史と同じでね、ハマったらなかなか止められなくてね」

片岡は古代史と切手収集を同じ天秤に置いている。


「教師は何年ぐらい務められたのですか」

寺田は更に話題を変えた。

「三五年くらいかな」

「反日教組の立場をとっておられたと聞いていますが」

寺田が地権者から聞いた話を取り上げた。

「いや、もう昔の話であまり言いたくはないが、日教組が嫌いでね。日教組に対抗して反日教組の組織を作った。福岡の日教組は強くてね。少数派だから、ずいぶん叩かれたし虐《いじ》められもした」

「これもすごいことですね」

教職にありながら、その組織団体に反対の意思を表明する。余程信念がないとできるものではない、と寺田は感心した。

「私は日教組が労働組合というのがまず引っかかった。また政治色が強まり、特定政党支持の政治団体になった」

「教育者であることと、政治的な主義主張は相容れないと」

理屈好きの星が口を挿んだ。

「私は、未成年者の教育は、生徒の多面性、個性を引き出すものと考えている。教師やその団体が一党一派に固まるのはおかしいと思ってね。徂徠先生が説くように『政治と道徳は別物』に加え、『政治と教育は別物』と考えている」

「片岡さんも古文辞学派ですか」

星がとっさにおどけて言った。

「そう、南冥と一緒たい」

片岡も併せておどけ、皆で笑った。

「トコロテンでも食わんかね。家内お手製のもの。プリプリしていてうまいぞ」

片岡が予め準備しておいたのだろう。皆に勧めた。

「いただきます」

年甲斐もなく、皆で唱和した。

片岡が「おーい」と声をかけると奥さんがガラス製の器を持ってきた。氷と酢醤油、ショウガがたっぷり入っている。皆に配り終わって、寺田は箸をつけた。夏も終わっているが、その冷たさと酸味がなによりのごちそうになった。

「うまい」

寺田の十八番の声。

「家内が今日作ったばかりのオキュウトもあるよ。これも良かったらどうかね」

片岡が更に勧めた。

「オキュウト？　それもいただきます」

寺田は醤油を少しかけた。口にすると柔らかい触感で海の潮の味がすると感じた。

オキュウトは、エゴノリという海藻を原料として、トコロテンと同じように天日干しした後、水と合わせ煮込み常温で固まらせて作る。福岡市の近辺では普通に食べられており、志賀島では各家庭で作られているそうだ。

このオキュウトという食材も、阿曇族とかかわりをもっていた。

「ところで、金印の件で質問したいのですが」

寺田は改まって本題に戻した。

「ああいいよ」

「まず印文の読みです。漢のワのナ国王と読むべきだと言われましたが、漢のイト国王とは読めませんか。調べたところ、藤貞幹、上田秋成、青柳種信などの江戸の学者がイト国と読んで、魏志倭人伝の伊都国に比定しています」

「うん」と片岡。

「先日、糸島の伊都国資料館に行って平原《ひらばる》王墓の遺物を見てきたのですが、鏡の大きさと量、メノウやガラスの玉類の数の多さにびっくりしました。伊都国に大きな国家と権力があって、その王が金印を授与されたとみてもおかしくないと思いますが」

寺田は漬けかじり知識を持論として述べた。

「よく勉強しているね。平原遺跡は方形周溝墓《ほうけいしゅうこうぼ》といって、金印の時代よりもっと後のもの。弥生時代は伊都国を中心として北九州の湾岸地域から始まったと思うが、金印の時代は奴国の興隆の時代である。その頃の伊都国は経済的にも政治的にも衰退していたと思う」

「そうですか」

「魏志倭人伝でも伊都国は一〇〇〇戸で奴国は二〇〇〇〇戸とある。金印の時代は邪馬台国より二〇〇年前だが、すでに国家間の政治権力と経済力は伊都国から奴国に移っていたと思うね」

「権力の変遷ですか」

「私は、ヤマト王権以前は、北九州の連合国家のリーダーが、伊都国から奴国へ、奴国から邪馬台国へ移行する歴史であると考えている」

片岡は思わず持論を述べた。

「片岡さんは金印発見の場所に異論があると仰《おつしや》っているのですよね。叶崎ではなく、別の場所だと」

寺田は更に畳みかけて問うた。

「そう、金印が発見されたとされる叶崎は、周辺の学術調査が行われたが何も出ていない。何もないところだ」

「今は金印公園がありますがね」

星が少し茶化し気味に言った。

片岡はそれには応じず続けた。

「叶崎は、神功皇后伝説では願いが叶《かな》う岬として語られるが、遺跡や遺物が出土した例はない。古代、金印の頃は、おそらく海に浸食されていたか海の中だったろう」

片岡は、まず叶崎を否定した。

「では金印が発見された場所はどこだと思われますか」

寺田は早く結論が欲しいとばかりに急《せ》きたてる。

「志賀島で金印が発見されたのであれば、私はわだつみの神との関わり以外には考えられないね」

「関わりとは、どういうことでしょうか」

「後漢の光武帝の時代、一世紀半ば頃、倭人、特に阿曇族と呼ばれる志賀島を拠点とする集団は、広い地域で交易を生業にしていた。奴国の王は、その阿曇族の血縁か、または阿曇族を支配していた王と思われる。阿曇族の交通手段は専ら船で、その航海の安全を仕切っていたのが、わだつみの神である」

奴国王は洛陽まで使者を送って、後漢の光武帝から金印を授与されている。奴国からは海域を伊都国、末盧《まつら》国から壱岐国に渡り、対馬を経由して、狗邪《くや》韓国へ向かう。それから、朝鮮半島南岸を西へ渡り、西海岸を北に進み、今のソウルあたりの楽浪郡に到達する。楽浪郡は後漢の支配下にあったので、陸路、後漢の都、洛陽に向かった。

「奴国において、この旅で必要なものは、丈夫な船と腕の立つ漕ぎ手、相手との交渉のできる通詞《つうじ》の他、広い人脈を持つ交易商である。これらを阿曇族が支配していたと思う」

寺田はいよいよ核心に近づくかと、次の言葉を待つ。

「一番心配なのが航海の安全だ。玄界灘を北進する船は、黒潮（対馬海流）によって流されるし、予期せぬ嵐にもたびたび出会う。海の安全は切実なものだった。

金印をもらった後も、洛陽への朝貢はなかったにせよ、少なくとも楽浪郡には、奴国の書簡を携えて何度も海を往復したであろうと思っている。その役割を担ったのは阿曇族であろう」

「後漢から三国志の魏に代わりますが、後漢からもらった金印はどうなるのでしょうか」

星もいささか急《せ》いて尋ねた。

「漢の時代が終わって金印がその効用を失えば、金印はわだつみの神に奉納されるとみるのが自然だよ。航海の安全があって、奴国と漢との交流ができたわけだからね」

「わだつみの神への奉納とはどういうことですか」

「神は天上と地上を行き来する。天空を舞い、海を駆ける。地上に降り立つときは、磐座《いわくら》と呼ばれる岩盤が依《よ》り代《しろ》になる。神の加護を受けるためにはその磐座に宝物を捧げねばならない」

「磐座？　神の依り代？」

星は理解したのか、しないのか、言葉を繰り返した。

「磐座は決まって高台にある。志賀島でも磐座と思《おぼ》しい場所を、私は見付けている。叶崎のような海岸寄りの場所が磐座であるはずはない」

片岡は笑みを浮かべ、自信ありげに答えた。

「でも、金印発見時に、発見の経緯が書かれた口上書が郡奉行に提出されています。発見地は叶崎ですね。甚兵衛が発見者で、村の庄屋や組頭が確認し署名押印しています。片岡さんの考えによれば、この口上書に書かれたことはデタラメだということになりませんか」

寺田は、片岡があまりに自信たっぷりに持論を述べるので、口上書を以って片岡に反論した。この印籠が眼に入らぬかとばかりに述べた。

「あの口上書は良くできている。誰も疑わない。その内容を前提として今までの金印研究はあるといってもいい。でも、あの口上書はできすぎだね。カラクリがある。私も長いこと口上書の呪縛《じゅばく》に悩まされてきた」

片岡は、口上書との関わりを振り返りしみじみと言った。

片岡家からの帰りに、志賀海神社の参道を東に向い、皆で神社に参拝することにした。二〇〇メートル位のところに、一の鳥居がある。

志賀海神社。全国の綿津見神社、志賀社の総本社を称する。古代氏族の阿曇氏（安曇氏）ゆかりの地である。

志賀海神社の案内書には、次のように記載されている。

「福岡市東区志賀島に鎮座する志賀海神社は、伊邪那岐命《いざなぎのみこと》の禊祓《みそぎばらい》によって出現した綿津見三神を奉斎している。神代より『海神の総本社』『龍の都』と称えられ、玄界灘に臨む海上交通の要地、博多湾の総鎮守として篤く信仰されてきた。

御祭神

左殿　中津綿津見神《なかつわたつみのかみ》　中殿　底津綿津見神《そこつわたつみのかみ》　右殿　表津綿津見神《うわつわたつみのかみ》

黄泉《よみ》の国より戻った伊邪那岐命は、日向《ひむか》の橘《たちばな》の小門《おと》の阿波岐原《あわきはら》で穢《けが》れを清めるため禊祓《みそぎはらえ》をした。この時、海の底で身を清めた時に生まれたのが底津綿津見神、中ほどで清めた時に生まれたのが中津綿津見神、水の表面で清めた時に生まれたのが表津綿津見神」

神社の創建は不詳である。

社伝では、古くは志賀島の北側、勝馬において表津宮、中津宮、沖津宮の三宮から成っていたが、阿曇磯良により、そのうち表津宮が志賀島南側に遷座して現境内となったという。

古代の九州北部では、海人を司る阿曇氏（安曇氏）が海上を支配した。志賀島は海上交通の要衝であり、その志賀島と海の中道を含めた一帯が阿曇氏の本拠地であり、志賀海神社は阿曇氏の中心地であった。現在も志賀島の全域は神域とされ、宮司も阿曇氏の後裔を称している。

一の鳥居から坂道をしばらく歩くと、空池に石橋が掛かる。橋を通らずに脇の石段を上ると楼門に着く。

楼門をくぐると、宮司の阿曇磯久氏が、神官の白衣、袴を着て草履を履き、一人、竹箒で境内の掃除をしておられる。寺田は志賀島の仕事に就いてから何度か会ったことがある。

寺田ら以外に参拝の者はいない。軽く頭を下げると宮司も礼を返した。

「ご苦労様です」

声をかけたが、ニコリともされない。

「お参りさせて頂きます」

宮司は黙って見つめるだけである。

寺田らは、右手に鹿の角を収めた鹿角堂《ろっかくどう》を見ながら拝殿に向かった。二礼、二拍手、一礼。皆で参拝した。

拝殿正面右に亀石の置かれた拝所がある。拝所からは、玄界灘を囲み海の中道から新宮、古賀へ浜が続き、立花山、三日月山などの山並みが見える。亀石は二体。神功皇后による三韓征伐の際、阿曇磯良が亀に乗って皇后らの前に現れたという伝承に因む霊石である。

ここにも揃って礼拝した。

拝殿を下がると、宮司がまだ黙々と境内を清めている。

「この神社は、いつの創建になるのですか」

寺田は思い切って話しかけた。

「社伝によれば、阿曇磯良が勝馬より遷座したということですから、神功皇后の頃、西暦でいうと四世紀でしょうか」

「そんなに古いのですか」

「いや、いろいろな説があります。白村江の司令官、阿曇比羅夫の頃までは、この神社は勝馬にあったという説が有力です。それだと、七世紀半ば以降の遷宮となります」

宮司は、いかにも神官らしく世の動向には関心がないという風情である。落着きもあり、態度も謙虚である。取り付きにくいが心が清らかなのであろう。神に仕える身として篤実な人柄がうかがえる。

宮司は、リゾート開発について、どう考えているのだろうか。

志賀島全域が神域ならば、当然反対の立場であろうか。
宮司がこの件で自分の意思を示すなどということはなかろうと、寺田には思えた。
この宮司は寺田と同じ歳であった。

7　凋落の影

甘棠館開校後三年が経ち、天明七年（一七八七）には、南冥は、御納戸組《ごなんどぐみ》儒医として一五〇石を更に加増されている。前年には、門人の山口主計が一〇人扶持の儒官に取り立てられている。甘棠館の入門者も増え、学舎や学寮を増設した。私塾にも多くの町民の入門が絶えない。

南冥が士分の出でもないのに藩校の祭酒になったこと、金印問題で名を挙げたことが、市中でも評判であり、博多部では一種の英雄扱いであった。学問を究めれば南冥先生のようになれると、市中の憧れの的になっていた。

この頃が南冥の人生の頂点ともいえる時期であった。

同年、岡県白島碑《おかあがたしらしま》の問題が起きた。碑文には、若松沖の響灘に浮かぶ白島が福岡藩領になる経緯が記された。若松の私塾の門人の依頼を受けて、南冥が作文し弟の曇栄が揮毫した上で石に刻まれ、白島に建立された。

その経緯とは、かつて毛利元就がこの島に碇《いかり》を降ろしたが抜けなくなったので、泳ぎの達者な者を募り抜かせようとした。若松の脇田浦《わいたうら》の「外《がい》」という者が潜って碇を背負って出てきたため、元就はその功績に報いるため、白島をその外に与えたというものである。外は若松すなわち筑前の者である。

白島の位置は響灘の沖にあり、筑前、豊前、長門のどこの領域でもおかしくない。白島はその経緯の故に筑前領になったと記されている。

石碑はすでに建てられていたが、藩の決定で取り壊しとなった。郡奉行の許可を受けてないこと、碑文の内容が毛利元就の下賜《かし》により白島が筑前藩領になったかのような印象を受けることが、その理由であった。

当時、白島を治める郡奉行は加藤一成《かずしげ》という。黒田如水以来の譜代の家柄で八〇〇石取りの上士である。貝原流の朱子学者でもある。

加藤は修猷館の竹田とも昵懇の間柄で、しばしば修猷館に通い準教授的立場で講義も行う。加藤は貝原益軒を崇拝していた。益軒の流れをくむ竹田・修猷館が、金印の鑑定問題で辱《はずか し》めを受けたと捉えていた。

（新参者が調子に乗りおって。わしがおる間は、亀井の名を石碑には刻ませない。彼奴《きゃつ》は今の興隆を永遠のものにしたいだけなのだ）

加藤は、石碑を壊すだけでなく、小片に至るまで一つ一つの文字が判別できないほど細かく砕くことを命じた。亀井に対する怨念のこもった行為である。

更にもう一つの石碑問題が生じた。大宰府碑の建立である。南冥は、知り合いの商人らの援助を受けて、大宰府の由来を告げる碑文を作り石碑も完成したが、白島の例もあり大宰府を治める郡奉行に許可を求めた。

碑文の内容は長文で、大宰府を顕彰し菅原道真の詩を引用する他、竹田、修猷館に配慮を示して貝原益軒の業績にも触れられている。

福岡藩の中老会議の議とされ、結論が出るまで半年もかかった上に、これも加藤の手廻しにより許可は得られなかった。

南冥は納得がいかず、加藤に長文の抗議の内容の書面を送ったが、返答はない。

南冥はまた、家老の久野外記に藩への斡旋を求めたり、加藤に対する苦情を述べたりしたが、老齢の家老に決定を覆すだけの余力はもはやなかった。

南冥は、甘棠館の運営については息子の昭陽ら教授たちに任せ、執筆と読書で日を過ごす。

朝は夜明けとともに起き、食事前の散歩に出る。唐人町から北へ伊崎に出て浜辺を西に向かう。夜明けはすがすがしく気持ちがいい。博多湾を通して和白から直線に西戸崎を経て志賀島、少し離れて手前の能古島を見渡す。この浜は南冥にとってかけがえのない場所であった。浜を歩きながら、著述している著書の構想を練る。いろんな知恵が湧いてくる。

地行浜を抜けて樋井川から南へ下る。唐津街道に出て東へ帰路に就く。半刻ほどかけてゆっくりと歩く。

帰ると、南冥夫妻と昭陽夫妻で朝食をとる。

今日も実りある一日でありますように。今の幸せが過去から変わらず同じで、今後も変わらないと信じた。

南冥は論語の注釈書の大著に取り掛かっていた。夕刻まで資料を読み執筆する。偶《たま》には、教壇に坐し門弟たちに講義することもある。来遊者をもてなし学問の問答を行うこともある。

夕刻の明るいうちに一刻《いっとき》ほど散歩に出る。唐人町から唐津街道沿いに荒戸から長浜を経て、天神の武家の屋敷街を抜ける。那珂川《なかがわ》にかかる中之島の橋を二つ渡ると博多の街に出る。

那珂川と御笠川に挟まれた地域を博多部と呼ぶ。博多部に対して、那珂川以西の城下町は福岡部と呼ぶ。博多部で用いられる独自の方言が博多弁である。那珂川対岸の福岡部では、博多弁と異なる福岡弁が用いられた。全く異なる文化が博多と福岡にはあった。

川端町から石堂町まで商家が立ち並ぶ。人気のない武家屋敷街に比べ、賑やかで人も多い。商家をゆっくり覗き廻るのが楽しみでもあった。いつもは石堂町まで行って折り返しそのまま帰る。

南冥は、この朝夕の散歩は、雨や雪が降らない限りは日課として続けていた。

その日の夕刻の散歩では、南冥は珍しく川端町の立ち飲み酒屋に寄った。飲まずにはいられない心境でもあった。飲むうちに加藤への怒りがふつふつと込み上げてきた。

(彼奴《きゃつ》は許さぬ。俺の邪魔をするのが狙いで、理屈は付け足しに過ぎぬ)

石碑問題が尾を引いていた。立て続けに二杯、三杯と重ねた。

(十分に取り立てられ、念願の藩校の祭酒にもなれたが、武家の出でもないわしが、治之公がご存命ならまだしも、藩でこれ以上の栄達は望めない。残された仕事は、わしと弟の名を石に刻み亀井家の興隆を末代に残すことだ。父上の願いでもあった。それを彼奴は恨みでもあるかのように、ことごとく潰《つぶ》した)

南冥は石碑問題がいつまでも頭から離れずにいた。

酒屋の親父が諫めた。

「南冥先生、そう立て続けに飲むと、酔いの廻りが急に来ますぞ」

南冥は博多部では有名人であり、大方の者に顔を知られていた。

「そうか。少し早すぎるか」

と南冥は言ったが、勢いは納まらない。つまみも食さず黙々と更に二杯ほど飲んだ。

南冥が飲み屋を出ると、もう薄暗くなっていた。中之島の橋を渡り、天神に戻ると武家の屋敷街である。静まり返っていて、暗い。この辺りは一〇〇〇石前後の中級の上士の屋敷が立ち並ぶ。

（彼奴の屋敷も近いな）

酔いに任せて、天神北、加藤の屋敷の方に足が向いた。

酔わねばその方に足を向けることもなかったことである。自分では酔っていないつもりだが、少し足がふらついていた。

（なーに、これしきの酒）

屋敷の立ち並ぶ天神を北へ北へ、ふらふらと浜の近くまで来た。

加藤の屋敷前まで来た。

そこまで来て酒の勢いか、何の躊躇もなく、

「亀井南冥と申す。加藤殿は在宅でござろうか。お取次ぎを願いたい」

と門番に大きな声で申し出た。

門番は、相手が酔っていると分かって返事もせずに玄関から家中に入った。しばらくあった後、門前に戻り、

「主人は何も申すことはないと。お引き取り願いたいと申しております」

すると、南冥は門番を押しのけて門から玄関に立った。さらに大きな声で、

「加藤殿、申し上げたいことがござる。出て来られい」

何の返答もない。

「加藤殿……」と言い、間があって、

「加藤、出てこーい」と叫んだ。

瞬時、沈黙が支配した。

家中から加藤が現れた。大柄で眼光鋭く、いかにも人を寄せ付けない風貌である。

「身分もわきまえず無体なことだ。お引き取りなされよ」

加藤は、玄関の板間から南冥を見下すように言い放った。

「お主の手前に対する数々の仕打ち、忘れないぞ」

「わしは己の役目を粛々と行っただけだ」

「何が粛々か。つまらぬ因縁をつけただけではないか」

「その方から言われる筋合いではないわ」

「石碑の問題の首謀者はお主だな」

「言いがかりというものだ。とにかく、お引き取り願いたい」

「わしに恨みでもあるのか。石碑の砕きようは尋常ではなかろう。わしに石碑を立てさせない訳を言え」

「お主、大分酔っているな」

加藤は、門番の与作に対し、

「この酔っ払いを門前につまみ出せ」と促した。

家中から、中間《ちゅうげん》の彦太郎と子息の元次郎も出てきて、三人がかりで南冥を門外に叩き出した。

南冥は仰向《あおむ》けに倒れ、泥にまみれて四つん這いに身を起こした。

「甘棠館の祭酒ともあろうものが、情けない」

加藤は南冥を蔑《さげす》んだ。

南冥は酒には強いが、深酒すると前後不覚に陥ることが度々あった。そして決まって悶着が起きる。

翌朝、南冥は酔いが覚めぬまま目覚めた。加藤の屋敷からどうたどって、いつ帰り着いたのかは覚えていないが、加藤とのやり取りははっきり覚えている。重い気持ちで居たたまれない。加藤に恨みはあるが、ああいう出会いは自分を貶《おとし》めるだけで何の解決にも発散にもつながらない。わしはいつになったらこの悪癖から逃れられるのだろうか。

（何ということを……。どうしようもない失態だ）
南冥は昨夜のことを深く恥じた。

8　博物館―亀陽文庫―阿曇族

平成三年の秋、片岡健吉の講義も数回経た頃、寺田は志賀島の歴史の参考にするため、片岡を誘い福岡市の市立博物館に同行してもらうことにした。ついでながら、亀井南冥の業績を調べるため、能古島の亀陽文庫《きようぶんこ》も見ておこうということになった。

志賀島から福岡市の定期船に乗り、博多埠頭まで出て、そこからバスで百道浜に向かった。「よかとぴあ通り」を西に向かい、西南大学の広い空き地を越えた四つ角すぐに、博物館前のバス停があった。

百道と地行の前の海は昭和の末年埋め立てられて、百道浜、地行浜という地名になった。平成元年、そこでアジア太平洋博覧会が実施され、平成二年、その一角に市立の博物館が開館した。開館後一年も経っていない。

バスから降りると、眼の前に大きな池と広場がある。

「えらく立派な建物だな」

博物館は敷地も広く、入口前には大きな銅像が立ち並ぶ。

寺田も片岡も訪れるのは初めてだった。広い玄関口から中に入り、高い天井を見上げながら二階に昇り、常設の展示場に向かった。

常設展示場は、福岡市に関わる歴史・風俗・文化を時代ごとに紹介している。

入ると、すぐに金印のコーナーがあり。暗い部屋の真ん中のガラス張りのケースの中に、光をあてて金印だけが一個、鎮座している。他に何もない。いかにもという演出が際立っている。その隣の部屋には、金印と発見の由来の案内書、中国の同様の遺物、口上書の写し、江戸期の各学者の見解等が展示されている。そこには同型の金印の模型があり、鎖に繋がれ、触っても良いことになっている。

寺田は握ってみた。

(こんなものか)という感触である。

そこを抜けると、石器時代に始まって縄文時代、弥生時代から現代に至るまで時代を追って展示物を見て廻ることになる。

片岡は、杖を片手にゆっくりと廻った。

「足を悪くしてから遠出がめっきり少なくなった。今日はいい機会をもらった。前から行きたいと思っていた」

片岡は、寺田に礼を言った。

「いいえ、私も片岡さんとここを廻れて勉強になりますから」

どうぞ、お気になされずと、寺田は心中で呟いた。


常設展示場を廻った後、二人は博物館内のカフェレストランでコーヒーを頼んだ。コーヒーを飲みながら、寺田は言った。

「江戸時代の福岡の学者の展示もありましたが、貝原益軒のものが他を抜きんでて展示が多いですね。儒学だけでなく、医学、薬学、歴史、風俗、自然科学等、博学だったのですね。東洋のアリストテレスと紹介されていました」

「あの著述の分量、内容をみると誰でも圧倒されるよ」

貝原益軒は、福岡藩士の貝原寛斎の五男として生まれる。名は篤信、号は損軒《そんけん》（晩年に益軒）。慶安元年（一六四八）、益軒は一八歳で福岡藩に仕えたが、二代藩主、黒田忠之の怒りに触れ、七年間の浪人生活を送る。明暦二年（一六五六）、三代藩主光之に許され、藩医として帰藩した。翌年、藩費による京留学で本草学や朱子学等を学ぶ。

七年間の留学の後、益軒三五歳で帰藩し一五〇石の知行を得、藩内の朱子学の講義を任される。朝鮮通信使への対応や佐賀藩との境界問題の解決に奔走するなど重責を担った。藩命により、黒田家の歴史書「黒田家譜」を纏《まと》め、藩内をくまなく歩き廻り「筑前国続風土記」を編纂する。七〇歳で役を退き著述業に専念。著書は生涯に六〇部二七〇余巻に及ぶ。享年八五。

「南冥は益軒のことをどう考えていたのでしょうか。福岡に居れば避けては通れませんからね」

寺田は興味深げに尋ねた。

「私は南冥は彼を崇拝していたと思う。福岡の儒学の双璧たらんとお手本にしていたと思う。ただ、益軒を慕う藩士に反感を持っていたし、益軒を引き継いだ竹田家の流れについても、初代はともかく、二代目以降は見下していたのではないかな。才無きものが藩儒となり、それが世襲であることに反発していたと思うよ」

「竹田ですか」

竹田家はもともと京の公卿の出で、初代の定直《さだなお》は、寛文二年（一六六二）二歳の時に祖母とともに京から福岡に来た。第三代藩主の黒田光之の母方の遠縁に当たる。一五歳のとき光之につかえ、貝原益軒の弟子となって朱子学を学んだ。

修猷館の竹田定良はその孫で四代目にあたる。竹田家は、代々主席藩儒の地位を与えられた。

「金印は思ったより小さなものですね。掌に入るぐらいだ」

「握れば隠れたね」

「金印は純金ではないのですね」

「金印は銀や銅なども含まれ、金の含有率九五％という。でも、小判の中で含有率が高い慶長小判でも八五％というから相当なものだよ。光武帝もできれば一〇〇％にしたかったのだろうが、純金だと柔らかすぎて形が崩れやすい。九五％は印形《いんぎょう》として使うにはギリギリのところだね」

「展示の金印はレプリカですよね」

「そう、本物とされるものは倉庫に眠っている」

「でも、素材も型も同じなら、本物もレプリカも全く同じものになりませんか」

「金印のレプリカは幾つか作られているが、本物とされるものは細工がよりこまやかで字体がよりシャープなので、区別は付くという」

「そうですか。レプリカでもつまみの文様や字体は鋭いと思います。今の技術で全く同じものを作るのは難しいことではないですよね」

「素材も型も同じなら、もうレプリカとはいえないね。本物の金印が幾つも出現する。だから、あえて本物に近付かないようにしているのだろう」

「片岡さんは金印模造説でしたね」

「そう、私は本物とされている金印は模造品だと思っている。その根拠は、金印発見時の口上書と同じく、金印が余りにも良くできすぎていること。蛇のうろこや陰刻の鋭さがね。二〇〇〇年も前の物で、しかも埋められていたものとは思えない。それと管理が行き届かねば印刻師を通して、いくらでも同じものが作れるよ」

「そうですよね」

「口上書が偽造で金印が模造と、これをセットで考えると、企んだ人の思いが伝わってくると思うがね」

博物館前からバスに乗り「よかとぴあ通り」を西に向かう。愛宕浜《あたごはま》の姪浜渡船場前で降り、そこから能古島へ船で渡った。眼の前に島が見える。わずか一〇分で能古島に着いた。

能古島の渡船場から海岸通りを西に進み、しばらくして山の方、急な坂道だから、片岡は息を弾ませながら昇った。途中に能古焼の古窯《こよう》跡があった。その上に能古博物館があり、一部が亀陽文庫となっている。平成元年に甘木の秋月亀陽文庫を移したものだという。

亀陽文庫とは、亀井南冥から始まる「亀井学」の文書、書画、掛軸等の諸資料を収集し展示したものである。

場内は閑散として、寺田ら二人以外に訪れる者もいない。

能古島はアイランドパークが有名で、ほとんどの観光客は港からバスに乗ってそちらに向かう。よほど亀井南冥に興味のある者以外は訪れないのであろう。その亀井南冥も全国区版のメジャーな人物でもない。訪れる人にも限りがある。

亀陽文庫の亀井南冥に関わる展示物は、甘棠館、金印弁などの資料があり、先ほど見た市立博物館と変わらない。

むしろ南冥後、息子の昭陽についての業績と、彼が開いた「亀井塾」についての資料が目新しい。昭陽とその息子暘州《ようしゅう》と続いて「亀井学」として名を残し、その門下生らが近代にいたるまで連綿と受け継がれてきたことが記されている。人参畑塾の高場乱や、頭山満、杉山茂丸、進藤喜平太らの玄洋社に至り、昭和に入り中野正剛、緒方竹虎に及ぶという。

昭陽の娘の少栞《しょうきん》の墨絵が数枚展示されていて、亀井家の多才ぶりが伝わる。

(南冥さん、亀井の家は心配なく実り豊かに育っていますよ)

寺田は虚空《こくう》に向かって呟いた。

亀井昭陽は南冥の学業を継ぎ、徂徠学を基本に朱子学を取り入れて、家学である亀門学を大成した。名は昱太郎《いくたろう》、昭陽はその号である。

若くして父の親友である周防徳山の島田藍泉《らんせん》の塾に入り、帰国した年に「成国治要」を著し治国策を論じた。南冥とともに政事と学問の一致を説き、学問における政治的実践を重んじる点において徂徠学の影響下にあるが徂徠学に固執することはない。

「亀井南冥は、この能古島に何か繋《つな》がりはあるのですか」

そばに居た館長に、片岡は尋ねた。

「いや、特にはありません」

館長はそっけなく答えてから、

「江戸時代に繁栄した筑前五ヶ浦廻船の廻船業の商人らが、亀井の塾の門弟だったといいます。亀井の大スポンサーです」

と付け加えた。

江戸時代の博多湾は、福岡藩の藩米を廻送する千石船で賑わった。全盛期には江戸、大坂から東北、北海道にまで船足を伸ばし、江戸幕府や他藩の米、民間の材木、海産物の物流をも担ったという。この廻船業に従事したのが能古、今津、浜崎、宮浦、唐泊の博多湾岸の五つの浦の船団で、中でも能古の船団は、全体約五〇隻の中で半数近くを占めたという。

「江戸時代の廻船業者は莫大な利益を上げたという。それら商人が亀井のスポンサーなら、また南冥の見方も変わってくるね」

片岡は、何気なく言った。

帰りに能古渡船場で船を待つ間、近くの料理屋で、サザエの刺身をつまみにして、ビールを一気に飲んだ。

「うまい」と寺田は微笑んだ。

能古島から愛宕浜へ船で渡り、そこからバスに乗り博多埠頭に向かった。二人は飲み足りないのか、途中、中洲で降りて小さな海鮮居酒屋に寄った。

「片岡さん、酒は何にします」

「芋焼酎かな、木挽《こびき》はあるかな」

寺田はメニューを見ながら、

「ありますよ」と答えた。木挽は芋焼酎の銘柄の名である。

「そう、今日はそうだな。木挽をロックで頂こう」

片岡は笑みを浮かべて催促した。

寺田は片岡が焼酎にもコダワリがあるのだなと思った。

イカ一杯の刺身と木挽のロックを二杯注文した。

「や、今日は、お疲れ様でした」と寺田が言い、

「お互いにね」と片岡が返した。

二人は芋焼酎で乾杯した。

ヤリイカ一杯の生き造りは、半透明の切り身がコリコリして歯応えがいい。

「うまいねえ」

片岡が寺田を制して先に言った。

「全国各地に阿曇族の痕跡がありますね。信州の安曇野もそうですが、滋賀県の安曇《あど》川、石川県の志賀町、愛知県の渥美《あつみ》半島など、全国各地に点々とありますね」

寺田が阿曇族についての話を切り出した。

「そう、阿曇族は、奴国時代から国内外の交易を通じて各所に拠点を持っていた。志賀島は、その中心拠点だったが、私は白村江の戦いの後は事情が変わったとみている」

「阿曇比羅夫が戦死した戦いですね」

「そう、天智天皇（中大兄皇子）は、白村江の敗戦後、唐、新羅の軍が日本に攻めてくると思い、各地に防御態勢を敷いた。対馬の金田城、太宰府周辺の水城《みずき》、大野城、基肄《きい》城。瀬戸内海沿いの長門、屋島城などを築いた。この城郭工事に土木技術の専門集団でもある阿曇族も動員されたと思う」

「土木技術の専門集団ですか」

「水稲稲作の先駆者として、山を削り岩を砕き、川から水を引き石垣を構え、水田を拡げたからね」

「ふう、土木ね」

「阿曇族は戦いに敗れ、指揮官の阿曇比羅夫は戦死し、多くの阿曇族の民と船を失った。日本は唐や新羅と戦闘状態にあるから、日本は一種の鎖国状態になり、阿曇族は交易で栄えた生活の基盤を失った」

「阿曇族はどうなるのでしょうか」

「阿曇族は城郭工事が一段落した後、新しい生活の糧を求めて新天地へ移住し始めた。志賀島に残る者もいるだろうが、大勢は日本国中に離散していったと思う。弥生時代と共に始まる志賀島と阿曇族の歴史の一大転換期を迎えたのは、この時代だね」

片岡はもの寂しげに言った。

片岡は阿曇族の歴史について、次のような見解を述べた。

「弥生の始まり」

長い縄文の時代も終わりに近づき、日本では稲の栽培もおこなわれ始め、大陸から青銅などの金属器が導入され始めた頃である。

紀元前五世紀後半、中国の春秋時代、あの「呉越同舟」と「臥薪嘗胆」で有名な呉越の戦争で敗れた呉の民は、故地から離散した。呉は揚子江の南域の蘇州周辺を支配していた。蘇州や杭州などの江南の付近は大水郷地帯で、今でも人や物資の運搬は主に船で行われる。江南の地には、当時呉越の民など漢民族とは異なる民族が繁栄していた。

戦いに敗れた呉の民は、一部は南海の広州、ベトナム方面へ向かい、一部は台湾に向かう。一部は、東シナ海を越え、沖縄から奄美諸島、九州各地へ船で逃れた。呉の民は、水稲稲作と高度な灌漑技術を日本にもたらした。

その一部の者、博多湾沿岸に住み着いた者たちは、豊富な海の幸に恵まれ、船を操り漁労採集の生活を送っていた。内陸でも灌漑技術を駆使して水稲稲作を始めた。

日本は、火山、地震、津波、台風、日干、暴水など、自然の天変地異に不断に襲われた。縄文の人々は、長い間それらを神の仕業として、自然の神々を畏怖し祀った。神は災いであり、人々を苦しめる。その一つの神、海の神は、わだつみの神として祀られた。呉の民は、博多湾岸の縄文の人々と交流しながら、その神を受け入れた。そのわだつみの神を信仰する者は、阿曇族と呼ばれた。

やがて、玄界灘沿岸の各集落は国としてまとまり始める。

「中国の呉の民が北九州に流れ込んで、国が作られ始めたということですか」

寺田は意外だと言わんばかりに聞き返した。

「いや、元々縄文人も居たわけだから、その縄文人と交流し血も混ざりながら、言葉、風習、文化などを受け継いだと思うよ」

「争いなど起きなかったのでしょうか」

「ううん、どうだろうか。呉の民の水稲稲作と灌漑技術が日本の生産性を押し上げ、縄文人の文化、伝統と結びついて、両者は調和したと考える」

「これが弥生人の始まりと考えても良いですかね」

「私はそうだと思う。いろいろ異説もありそうだがね」


【伊都国時代】

福岡市の西方の糸島地方は、玄界灘を挟んで朝鮮半島、中国大陸と接するという地理的条件から、大陸との接点として古くから栄えた。伊都国と志摩国の間には水道が通っており、玄界の荒波に押し流されない港に多数の船を停泊させて、朝鮮半島や国内各地への交易の拠点となっていた。その上、雷山《らいざん》から流れる川の周辺に水稲栽培に適した地形をもち、早くから稲の高い収穫を上げていた。

阿曇族の首長は、伊都国の平地中央の高台にある三雲周辺を中心として国を支配した。国というためには、ただの生業の集団ではなく、領域、領民が区別され支配の制度が整っていなければならない。といっても、後に郡と呼ばれる程度の広さである。国王は陸と海の二つの領域を統べる。国王は海と海人を従える首長に身内の者を据え置いた。この者が海を統べる頭領となり、阿曇氏の祖となった。

「阿曇族が国作りの一番手ですか」

「北九州一帯の海と陸を制しているのだから、自然とそうなるね」

「伊都国、あの海と山に囲まれた狭い地域ですよね」

「国の始まりは、どこでも狭い処から出発する。奈良の明日香に行ったことがあるかい。山に囲まれた狭い処だ。ここが日本の中心だったかと思うと唖然としたよ」

「伊都国、ここで日本と日本文化が始まるのですか」

「私は、そう思っているが、そう言い切れるか何も証拠はないからね」

[奴国時代]

伊都国は、徐々に他の地域を従え、伊都国王はその血縁の者を各地の王として送り込んだ。北九州の玄界灘沿岸部に次々に国々が建設され、首長国連合ともいうべきグループが形成された。伊都国王がその盟主になった。

その頃、奴国は、博多湾の奥まで入江が食込み低地も広い湿地帯であり、陸地にはシイ、カシ、タブの広葉樹林が覆っていた。

伊都国建設から三世紀も経つと、鉄が大量に倭国に持ち込まれ、鉄を加工した道具で灌漑技術が進化し農作物の生産力が飛躍的に高まった。奴国の領域では、木々は切り倒し湿地は灌漑して、水稲稲作の範囲も大きく伊都国を凌ぐようになっていた。

紀元前一世紀頃、経済力も人口も伊都国に大きく優る奴国が、北九州の国々を押さえて首長国連合の盟王となる。福岡平野の中央の高台にある須玖、岡本を中心に紀元二世紀頃まで覇権を維持した。奴国王は、阿曇族を従え後漢に遣わし光武帝から金印の授与を受けた。

阿曇族は大陸だけでなく、西北は越国から津軽方面、南方は奄美、琉球に至るまで交易の幅を広げていた。

「伊都国と比べ、奴国の平野部は広いですからね」

「でも、今の福岡平野より海がかなり内陸に入り込んでいた。鎌倉時代の古地図が住吉大社にあるが、長浜、簑島《みのしま》、塩原《しおばる》などの地名が残っていて、海の範囲が今とは比べられない程広い」

「阿曇族の交易の範囲も広がりますね。朝鮮、中国に加え、北は東北から、南は沖縄まで」

「朝鮮、中国からは青銅や鉄などの金属器が大量に輸入されている。輸出品としては、糸魚川のヒスイや鉄の原材料となる木炭などが考えられるね」

「国内の交易品はどうでしょう」

「北海道の遺跡でイモガイの腕輪が出ている。腕輪の原料となるイモガイやゴホウラガイなどの巻貝は奄美や沖縄で採れる物だからね。他には、刃物の原材料の黒曜石、各地の土器、木製品など」

「随分、広い範囲に及びますね」

「航海技術が発達したのだろう。それで奴国の使者として、後漢の洛陽まで足を運んで金印をもらってくることができたのだろう」

［邪馬台国時代］

紀元二世紀後半、倭国大乱の記載が中国の史書に記述される。主に奴国と邪馬台国の覇権を巡る争いであった。筑後地域も灌漑により多くの水稲稲作の水田を抱えていた。その経済力は紀元三世紀頃には奴国を凌駕するまでになった。奴国を破り盟主となった邪馬台国は、筑後川中流域の北部の高台をその都とした。

阿曇族も奴国とは離反し、邪馬台国の支配下に付いた。もう一つの金印である親魏倭王の金印は、阿曇族の働きにより魏の王から邪馬台国の女王卑弥呼に贈られた。

邪馬台国は北九州内で都を移しながら、王の血縁の者を各地に送り込んだ。やがて、その血縁の者の一部が、九州から畿内に進出してヤマト王権を建国した。

阿曇族は、変わらず志賀島に本拠を置き、大陸、朝鮮との交易を頻繁に行っていた。日本海沿岸では東北に至るまで交易の拠点を築いた。

「筑後平野となると、福岡平野に比べ更に平野部が広がりますね」

「九州一の筑後川河畔に、壮大な都が建設されたことだろう」

「博多湾からは相当に内陸になりますが」

「宝満川から御笠川を下れば那の津に出る。博多湾岸だ。逆に筑後川を下れば有明海から東シナ海を経て、大陸の東海岸に近くなる」

「畿内への進出とは、神武天皇のことですか」

「そう、記紀でいえばそうなるね。卑弥呼の血縁の者は、阿曇族の手引きで南九州や出雲や畿内に進出したのだろう。そのうち日向に下った者の子孫が畿内に進出して、ヤマト王権の祖になったのだろう」

［神功皇后の時代］

紀元四世紀。神功皇后の三韓征伐では、阿曇磯良《いそら》が登場する。

「太平記」には、磯良の出現について次のように記している。

神功皇后は三韓征伐の際に神々を招いたが、海底に住む磯良だけは、顔にアワビやカキがついていて醜いのでそれを恥じて現れなかった。そこで住吉の神は、海中に舞台を構え磯良が好む舞を奏して誘い出すと、それに応じて磯良が現れた。磯良は潮を操る霊力を持つ潮盈珠《しおみつたま》（海水を満ちさせて陸を海にするという力をもつ）と潮乾珠《しおふるたま》（海から海水を引かせて陸に戻すという力がある）を皇后に献上し、そのおかげで皇后は三韓征伐に成功したのだという。

この頃、阿曇族から分かれて、同じく水域を交易の場とする住吉族、宗像族が登場する。この三族は、争いを起こさず共存できるよう、お互いの権益は侵さぬよう、各々の進出する領域も分けた。阿曇族は専ら大陸、朝鮮を支配領域とした。

「神功皇后は、勝馬から玄界灘を越え朝鮮半島に攻め込みますね」

「本拠の香椎宮から博多湾を北に進み、まず勝馬に停留する。大浦という大きな入江で汐待する。時期を待って玄界灘を越える」

「住吉族や宗像族が、阿曇族から分かれるのですか」

「幾分、独断だがね。この三族は元々根は一つだと思う。阿曇族の血縁が分散するのも、邪馬台国のそれと同じでね。一種のフロンティアはこの時代の世界の趨勢《すうせい》だよ」

〔倭の五王の時代〕

倭の五王とは、中国の歴史書に記述のある倭国の五人の王、すなわち、讃《さん》、珍《ちん》、済《せい》、興《こう》、武《ぶ》をいう。紀元五世紀頃、ヤマト王権の権力が全国に行きわたり実質的に国土が統一されつつあった。

倭王は、大陸へ使いを遣わして貢物を献じ、その文明、文化を摂取すると共に、その威光を借りることによって、倭国の他の諸勢力、朝鮮半島諸国との政治的地位を有利に進める狙いがあった。

阿曇族はヤマト王権の使いとして、しばしば中国の東晋、宋、梁などに赴き、倭王の称号を頂戴している。

「ヤマト王権の確立期ですね」

「そう、国の統一がほぼ成りつつあった。五王の一人の武は、雄略天皇に比定されている。埼玉県の稲荷山古墳出土の鉄剣や熊本県の江田船山古墳出土の鉄刀に『ワカタケル』の金象嵌《きんぞうがん》の銘があり、雄略天皇のことだといわれている」

「雄略天皇が、支配下にある地方の豪族に鉄剣や鉄刀を下賜したということですね」

「そう、ヤマト王権の権力が関東から九州まで及んだということだね」

「ヤマト王権の下で、阿曇族の立場はどうなのでしょう」

「ヤマト王権の支配下に組み込まれたが、海外の交易と度重なる五王の朝貢により重要な役割を担ったといえる」

［筑紫君磐井《いわい》の時代］

記紀によれば、継体天皇二一年（五二七）ヤマト王権の近江毛野《おうみけぬ》は六〇〇〇〇人の兵を率いて、新羅に奪われた南加羅など朝鮮半島南部の諸国を回復するため、任那に向かって出発した。この計画を知った新羅は、筑紫の有力者であった筑紫君磐井に贈賄し、ヤマト王権軍の妨害を要請した。

筑紫君磐井は挙兵し、肥前、肥後、豊前、豊後を制圧するとともに、倭国と朝鮮半島とを結ぶ海路を封鎖して、近江毛野軍の進軍をはばんで交戦した。

ヤマト王権は物部麁鹿火《もののべあらかひ》を平定軍の将軍に任命した。翌年一一月、磐井軍とヤマト王権軍が筑紫三井郡にて交戦し、激しい戦闘の結果、磐井軍は敗北した。「磐井の乱」とされ、ヤマト王権により鎮圧された反乱と記紀には記載されている。

阿曇族は磐井側に加担し敗れた。阿曇族は、対馬や壱岐、西は越の国まで逃げのびた。

磐井の子、筑紫君葛子《くずこ》は死の連座から逃れるため、糟屋《かすや》の屯倉《みやけ》をヤマト王権に献上し死罪を免ぜられた。これは、糟屋を支配する阿曇族をヤマト王権に帰順させることを意味するのではないか。阿曇族を失っては大陸、朝鮮との繋がりが絶えてしまう。継体朝から欽明朝にかけて、阿曇族は各地から徐々に復帰した。

「磐井のヤマト王権に対する立場はどのようなものでしたか」

「磐井は、邪馬台国の命脈を継ぐ筑紫の豪族であったと思う」

「邪馬台国の命脈ですか」

「ヤマト王権が全国支配して、ヤマトと磐井は上下の関係になったが、継体天皇が即位して血筋を巡る正統性が問題となれば、磐井も起たざるを得なかっただろう。結果、磐井の敗北により邪馬台国の九州における命脈も断たれたと思う」

「阿曇族は磐井側に付いたのですね」

「磐井の勢力も強かったし、邪馬台国以来の関係を考えると、阿曇族が磐井に付くのは自然のことのように思える」

「でも磐井は案外にもろくも敗れましたね」

「ヤマト王権が確立して何世紀も経っているからね。血脈の問題も取り繕えば分からないからね。ヤマト王権の支配力が全国に行き届いていたのだろう」

「阿曇は敗戦で全国に散ったが、その後許されて交易と軍務を担ったということですね」

［白村江の戦い］

天智天皇二年（六六三）、唐、新羅の連合軍に対し阿曇比羅夫率いる日本軍は大敗した。阿曇比羅夫は戦死し多くの阿曇族の民と船を失った。大陸、朝鮮とも断交し、交易の場も失い再起はもはやできない状況になった。残された阿曇族も志賀島を去り、全国に散らばる阿曇族の拠点に移住した。

志賀島を中心拠点とする阿曇族はその一〇〇〇年にも及ぶ歴史を閉じた。志賀島に残ったわずかな阿曇族の末裔も、その後の歴史の舞台に登場することはほとんどなかった。

「白村江の戦で敗れて、ヤマト王権の下、阿曇族の立場もいよいよ弱くなったのですね」

「海外との交易の場も失い、海人の活躍場面も少なくなった」

「阿曇族の役割も、ヤマト王権の支配下では重みを失った訳ですね」

「時代が変わったのだ。ヤマト王権から大和朝廷という中央集権的な国家に移行する。時の趨勢というものだね」

「片岡さん、焼酎が空になっています。もう一杯飲みますか」

「うん、お願いするよ。酔いが廻った方が、頭もよく回転するしね」

寺田は、焼酎のお代わりを二杯と、イカの刺身のゲソを天ぷらにするよう注文した。

「阿曇族の歴史は、日本の建国の歴史でもありますね」

「古代の大きな事件には、ほとんど関わっているからね」

「今の志賀島にも、阿曇族の色が濃く残っているように思いますが」

「そう、福岡に近いのに、良い意味で独特の風情があるが、外に向いて閉鎖的な面も多い。だから島外からの移住者も少ないのだろう」

「阿曇族の長い歴史の流れと島の独特の風情を合わせると、志賀島は日本の最たる歴史遺産ですね」

「いつまでその風情が残るのか分からないけどね」

「いや、残り続けるのではないでしょうか」

と言ったものの、寺田はその風情がリゾート開発と両立するのかと不安を感じた。

二人は、ゲソの天ぷらをおかずに、ご飯とみそ汁で酒のシメとした。

二人は博多埠頭まで歩き、寺田は志賀島に船で帰る片岡を見送った。寺田はバスで新宮への帰途についた。

9 金印発見の場所

加藤一成は石碑問題が一段落した後、亀井と甘棠館の名を高め、竹田と修猷館の名を貶めた金印発見の問題を調べることにした。

(何か臭い)

加藤は、金印発見の経緯について常々そのことが頭から離れない。書斎の机の上に、口上書の写し、亀井の「金印弁」と「金印弁或問」、竹田の「金印議」を広げた。金印の実物は、先日、藩のお蔵番に頼んで見せてもらった。小さいが見事な金印だった。陰刻は鋭くつまみの蛇のうろこもはっきりと良く残っている。これが一七〇〇年も前の物か。

まず口上書だが、発見者の甚兵衛が金印発見の経緯を述べ署名捺印している。更に志賀島村の役職三人が添え書きし各自連署捺印している。甚兵衛も役職も実在していることは調べている。宛先は郡奉行の津田源次郎。

この口上書を見て、その内容を疑う者はいないだろう。一級の証拠書面である。多くの顔ぶれが署名しており、しかも村の重職たちである。疑う方が間違っている。だが、甚兵衛や村の役職らが自発的にこの書を認めて、郡奉行に提出するであろうか。金印の提出とその発見の経緯を書いた口上書をセットで郡奉行に提出する、当たり前のことのように思えるが、村の役職がそこまで考えが及ぶだろうか。

他の者の入れ知恵があったのではないか。

甚兵衛の兄の喜兵衛と博多の商人の米屋才蔵のやり取りが記されているが、発見の経緯としては蛇足であって、書かずもがなである。この二人が登場するのも、この口上書の重要な証人ですよということなのだろうか。とすれば良く仕組まれている。

次に「金印弁」だが、金印を後漢書東夷伝の光武帝から贈られたものとし、金印の型、寸法、蛇紐であることなどを記し、余計な推測は行わず実証的な考察を積み上げている。金印弁とは別に提出した「金印弁或問」を添え、九つの質問に答える形でその歴史観も加えて、かなり詳細に論じている。

加藤もこの書を読んで感心する。その論証の運び方に全くスキがなく説得力が伝わる。ただ、それまで金印について何も先入観もなかった者が、この書を一か月足らずで書き上げることができるだろうか。しかもその時期は藩校設立間もない頃で、亀井はその準備に多忙を極めたはずだ。

次に「金印議」だが、竹田の他、島村、真藤ら五人の修猷館の教授が議論して、金印が壇ノ浦から流れて玄界灘を越え叶崎に至ったと結論付けた。

ああ、何と情けない。これが鑑定書か。ありもしない憶測を述べたに過ぎない。続きを読む気力も失われる。修猷館の竹田ら五人の教授の能力が、その程度であることを世間にさらけ出した。鑑定の時間が少ないとはいえ弁解できない。

貝原先生に申し訳ない。

それから二か月後、加藤は、法事で博多部の承天寺《じょうてんじ》に参った際に、住職から仙厓《せんがい》和尚の話を聞いた。加藤は承天寺の檀家であった。

承天寺は臨済宗東福寺派の寺院である。仁治二年（一二四一）、大宰少弐の武藤資頼《むとうすけより》が聖一《しょういち》国師を招聘《しょうへい》して創建した。創建にあたっては謝国明《しゃこくめい》ら宋の商人が多く援助したという。

その住職が、仙厓和尚から金印の話を聞いたという。

仙厓和尚といえば、軽妙洒脱な禅画の達人として市中で有名であった。聖福寺《しょうふくじ》の住職をしている。

仙厓、法諱《ほうい》を義梵《ぎぼん》という。美濃国武儀郡の貧しい農家で生まれ、一一歳の頃、清泰寺で臨済宗の僧となり、一九歳で行脚《あんぎゃ》の後に月船禅彗《げっせんぜんね》の門下に入る。三九歳で博多の聖福寺の盤谷紹適《ばんこくしょうてき》の法嗣《ほうし》となり、第一二三世住職となる。

承天寺の住職の話によれば、仙厓和尚は、金印を発見した者は、甚兵衛ではなく喜平と秀治という者だと言っているという。

聖福寺は承天寺とは派は違うものの、同じ臨済宗に属している。承天寺から北に一〇〇間ほど離れた場所にある。

加藤は、聖福寺を訪れ仙厓和尚から直接話を聞くことにした。

聖福寺は臨済宗妙心寺派の寺院である。建久六年（一一九五）に日本の臨済宗開祖の栄西が南宋より帰国後、宋人が建立した博多の百堂跡に寺院を創建した。これが日本最初の本格的な禅寺であり、禅道場である。山号は安国山。

加藤は前もって、中間《ちゅうげん》の彦太郎を聖福寺へ赴かせ、仙厓和尚の都合を聞き、その約束の日時に聖福寺へ向かった。

寺域が広い。総門から中門を経て庫裡《くり》の玄関口に立った。

案内を通すと、すぐに仙厓が出迎えた。

「やや、加藤殿でござるか。お初にお目通りいたす」

玄関口の板場から声をかけた。軽い出で立ちである。聖福寺の住職という重みはなかった。

「加藤一成と申します。ご多用のところ、お時間をとらせて申し訳ござらぬ」

加藤はやや深く頭を下げた。

「いや、なに、暇を持て余し、頼まれた書や画ばかり書いておる」

と言ってから「こちらに、座敷の方に」と導いた。

仙厓は、広い板張りの廊下を渡り奥の座敷に加藤を通した。庭に面して、二人は上下なく対面に坐した。

「いや、藩の役職の方々も大変でござるな」

仙厓が切り出した。

「と申されますと」

加藤は訝《いぶか》しく返した。

「黒田家では、養子に来た殿様が若くして亡くなられる」

「……」

「神の呪いではあるまいか」

仙厓は幾分とぼけて言い放った。

「滅相《めっそう》もないことを」

加藤は慌ててかぶりを振った。

「ははっ、はっ。戯言《ざれごと》じゃ。お聞き流し下され」

仙厓はこの手の際《きわ》どい物言いが好きであった。

加藤は仙厓を睨《にら》むように見据えたまま話題を変えた。

「金印の件ですが」

「ほう、なんなりと」

仙厓も一向にたじろぐことなく答えた。

「金印は甚兵衛でなく喜平と秀治が発見したと、仙厓和尚から伺った旨、承天寺の住職から聞いております」

「わしが志賀島で聞いた話では、その通りじゃが」

「その時の話を伺いたいのですが」

「うん、わしは、市中の金印発見の噂とその後刊行された金印弁などを読んで、金印に興味を持ってね。自分でも調べたいと思い志賀島へ赴いた。志賀島村の庄屋らに話を聞いた。あの口上書の通りの話をね。発見場所の叶崎にも行ったが、金印発見の痕跡もなかった」

「そうでしたか」

加藤は、仙厓が何事であれ好奇を示す性のあることを承天寺の住職から聞いていた。後漢の光武帝から贈られた金印であれば何よりその対象となろう。

「喜平と秀治の話は、志賀海神社の禰宜《ねぎ》をしている筧《かけい》重五郎から聞いたのじゃ」

「志賀海神社の禰宜ですか」

「そう、わしは筧重五郎を昔から知っておって、その者は奈多のわだつみ神社の宮司をしておる」

「志賀島の在住の者ではないのですか」

「筧の住まいは奈多にある。志賀島からの帰りに奈多に寄って、金印の話を聞いた」

その話とは、次のようなものだった。

金印は、志賀島村の喜平と秀治が叶崎から発見したという。

金印が発見された後、喜平と秀治が志賀島村の庄屋に届け、庄屋は金印を志賀海神社に奉納したそうだ。

志賀海神社では、禰宜の筧と氏子総代が話し合って、その金印を神宝とするかどうか神託し神意を問うことにした。

神託がどういう方法かは教えてもらえなかったが、神意を問うと神社の神宝にする必要はないという。三度、神意を伺ったがいずれも否と出たという。

それで、金印は筧から庄屋に戻され、その後、庄屋から郡奉行へ提出されたということである。

その頃、志賀海神社の宮司は亡くなったばかりで次期宮司が定まっておらず、摂社の宮司の筧が志賀海神社の禰宜となり、神社を取り仕切っていた。その筧も今はもう亡くなっているという。

「口上書では、金印の発見者は甚兵衛となっておりますが」

加藤は、仙厓が述べた意外な事実を否定するように言った。

「だから不思議なのじゃ。金印を発見したのは甚兵衛ではないかと何度も念を押したが、筧は喜平と秀治に間違いないという」

「その話を知る者は、他にもいると思われます」

「いや、筧から話を聞いた後、二、三日もせず、筧がぽっくりと亡くなってなあ」

仙厓はしみじみと手を合わせつつ、さらに、

「それどころか、氏子総代も神託があった日の数日後に亡くなったそうだ」

「突然、亡くなったということですか」

「志賀海神社はわだつみの神を祭神とする。神意をどう占ったかは分からないが、筧と氏子総代の早急な死に様は、その神意こそ『神意』にあらざるものではないかと、わしは密かに思って居る」

(うーん、謎めいた話だ)

「筧殿と氏子総代の死が神託と関りがあると」

加藤は更に問うた。

「いや、それ以上のことは……怖い、怖い」

仙厓は数珠を手で鳴らしながら呟いた。

(不思議な御仁だ。仏門の身ながら、神の祟りを異常に畏れておられる)

間があって、

「そうそう、加藤殿には、わしの弟子の描いた禅画を進ぜよう」

仙厓は立ち上がり、戸棚の引き出しから一枚の紙を取り出した。

「○△三↓」と墨で荒々しく太く描かれ、「丸三角に三筋落下」と賛があり、落款もある。

「これはどういう……」

「今までの金印と神社の話を象徴するものだ。これを御貴殿にお贈りしよう」

仙厓は笑いながら、その画を加藤に渡した。

「この画はいかなる意味でござるか」

加藤は、画の内容が何のことやら分からず尋ねた。

「それを申すと画の深みがなくなるし、わしの口からは言えぬ。くわばら、くわばら。考えてみなされ」

加藤はその画をしばらく眺めたあと、

「分かりました。有難く頂きます」

加藤は狐につままれたような気がした。

加藤は、仙厓の話を聞いた後、実際に現地に赴き、聞き込み調査をすることが必要だと思った。

そこで、まず中間の彦太郎を志賀島に差し向け、金印発見時の聞き取りや現場の調査をさせることにした。その後にその結果を聞き、彦太郎と共に自ら志賀島に行くことにした。

志賀島には三つの禅寺があるが、いずれも臨済宗の承天寺の系列である。志賀島村の荘厳寺、弘村の香音寺、勝馬村の西福寺である。承天寺の住職から荘厳寺の住職へ彦太郎の紹介状を書いてもらった。ついでながら香音寺と西福寺へも。

加藤は、まず彦太郎に志賀島村の荘厳寺に金印発見の話をうかがわせた。彦太郎は、住職の話から甚兵衛は金印発見以来行方が分からないことを知った。喜平と秀治の話も聞いたが、そのような者は志賀島村にはおらぬと言われた。発見された叶崎にも行ったが、二人持ちの大石もなく何の手がかりも得られなかった。

彦太郎は、庄屋からも発見時の話を聞いたが、口上書の通りだという返答があるばかりであった。発見者は甚兵衛ではなく喜平と秀治ではないかと問い質したが、そんな話は聞いたこともないと一蹴された。組頭の吉三と勘蔵からも話を聞いたが、同じ答えが返ってきた。

志賀島村の村の者にも同じ問を発したが、喜平と秀治が金印を発見したという話は誰の口からも出なかった。

ところが、ある者から意外な手掛かりを聞いた。

「喜平とか秀治とかは、勝馬村の者ではないか。『き』が『喜《よろこぶ》』という字で、『しゅう』が『秀《ひで》』という字なら、勝馬村の名前だ」

勝馬村では、代々、名前に喜や秀の一字を入れる家系が多いという。

彦太郎は勝馬村に足を運ぶことにした。

舟で志賀島の左回りに勝馬村の中津宮前の浜で降り、田畑を抜け勝馬村の集落に入った。その集落奥の山手に西福寺がある。

彦太郎は西福寺の住職に面談した。ついでながらの紹介状が役に立った。

「勝馬村に喜平と秀治という者がおりますか」

単刀直入、聞いてみた。

「うむ、二人とも息災に暮らして居るが」

「その二人が金印を発見したということを御存じか」

住職は彦太郎を睨みながら、逡巡している様子である。

「存じておる」

か細く答えた。

「その経緯をお伺い致したい」

住職は、相手の主人が藩の重職と紹介状にあることから、隠しても益なしとの判断により話を続けた。

「金印は喜平と秀治が発見し、それを庄屋から志賀海神社に奉納させたのは手前である」

「……」

「神意にあらずと神社から戻された金印を、庄屋から郡奉行に提出させたのも手前だ」

と言った。

「そうでしたか」

「他所の者には言えぬ話だ」

「庄屋といいますと、志賀島村の庄屋でござるか」

「喜平と秀治は勝馬村の者だ。この村の者の話ゆえ勝馬村の庄屋でござる。といっても、この庄屋は志賀島も勝馬も両村の庄屋を兼ねておる」

「うーむ」

庄屋を兼ねる。これで話が煩雑になったのだ。

「金印発見の場所は叶崎？」

「仔細あってな、わしの口からは言えぬ、申し訳ないが喜平からお聞き願いたい」

住職の立場では口に出し辛いこともあろう。

彦太郎は住職に丁寧に礼を述べて西福寺を去った。

喜平の家に行き、金印発見の経緯を聞いた。

発見場所は、叶崎ではなく志賀島の山頂の潮見台近くの岩場だという。

彦太郎はそれ以上のことは敢えて聞かないことにした。全ては主人に直接お聞きいただこう。喜平に主人の加藤一成の志賀島訪問を告げ、会う日時と場所を約束した。

加藤は、彦太郎からの報告を受け、仙厓から聞いた事が真実味を帯び更に拡がったことに驚いた。

一つは、金印の発見者は、甚兵衛ではなく喜平と秀治という者であること。

これは仙厓から聞いた話である。

二つに、金印発見場所が、叶崎ではなく潮見台近くの岩場であること。

これは彦太郎が喜平から聞いた話である。

三つは、勝馬村の庄屋が志賀島村の庄屋も兼ねているということ。

これは彦太郎が西福寺の住職から聞いた話である。

加藤は、三つ目の情報で志賀海神社へ金印を奉納したのは、同一人物ではあるが志賀島村の庄屋ではなく勝馬村の庄屋ではないかと考えた。

これで辻褄《つじつま》が合う。

仙厓が聞いた「志賀島村の喜平と秀治が金印を発見した。志賀島村の庄屋が金印を志賀海神社に奉納した」というのは「勝馬村の喜平と秀治が金印を発見した。勝馬村の庄屋が金印を志賀海神社に奉納した」ということではないか。

発見場所が叶崎になっているのは、金印発見場所を知られたくないという、庄屋のとっさの判断が入っているのかもしれない。

それまで勝馬村は金印発見の死角《しかく》にあった。叶崎は志賀島村にあり、甚兵衛も組頭も志賀島村の者である。庄屋も志賀島村の庄屋として口上書に署名している。それで勝馬村は、金印とは無関係として注目されなかったのではないか。

寛政三年（一七九一）の初夏、加藤は彦太郎を連れて、加藤の屋敷近くにある那珂川入口の博多港で舟を雇い志賀島に向かった。

光が水面を反射し暑さがきつい。だらだらと頭から汗が流れる。着物もすぐに濡れきった。能古島を左手に見ながら穏やかな波の博多湾を横切る。玄界島と志賀島の間の海には入道雲が立ち上がっていた。

二人は、志賀島村の浜辺に上陸し志賀海神社の参道を抜ける。一の鳥居をくぐり坂道の石段を上がる。勝山の中腹にある神社の本殿に参拝した。周りは緑に包まれ蝉の声が響く。加藤はわだつみ三神にその日の加護を祈った。

神社の入口正面お汐井《しおい》の砂が入れられている板箱の左側に、勝山の麓と水音高く流れる小さな川に挟まれた小道が昇っている。ほぼ北へ山頂の潮見台に通じる道である。まっすぐの急な坂道を登りきると潮見台に到着する。二人は、日差しの強い中、汗まみれになって登り切った。

（ふう）

加藤と彦太郎が呼吸を整えるのにしばらく時がかかった。

潮見台のすぐ下には烽火台《のろしだい》が設けられている。烽火台には非常の際に番人が詰めるが、当時その役目が必要とされることはほとんどなかった。

烽火台の見晴らしのため、周辺の樹木は伐採され全方位の眺望が開ける。東に相島、大島が見え、北に小呂島《おろのしま》、玄界島、そのずっと向こうにぼんやりと壱岐島の影が浮かび上がる。西は志摩郡、かすかに韓泊《からどまり》らしい港。南は博多湾であり千石船が何艘も行き来している。漁船も多い。能古島の左手奥に福岡城下、博多の街。その東に離れて立花山、眼下には、西戸崎、大岳から続く砂嘴が迫っている。浜辺は白く海は透明の青緑に輝く。

加藤にとって初めて見る光景であった。

（何という絶景だ。心が洗われる。身近にこんな光景があったのか。見事と言う他ない）

加藤はしばらく眺めながら感嘆した。

潮見台から少し降りた尾根道の角のマテバシイの木陰に、一人の肌焼けた小柄の男が佇《たたず》んでいた。加藤ら二人を見やると、

「勝馬村の喜平でございます」

慇懃に頭を下げた。

「ご苦労である」

加藤は、この者が金印を発見した喜平なのかと見据えながら、言葉を返した。

潮見台から尾根伝いに北に下ると勝馬村に通じる。喜平は勝馬村から逆に昇って潮見台に来ていた。

「早速だが、案内を頼む」

加藤は強い日差しを避けるように促した。

「分かりました」

喜平は潮見台から勝馬方面に歩き出した。

しばらく尾根を歩いた後「こちらで」と、野草の繁茂した分道《わけみち》を指した。喜平は慣れた足取りで狭い道をたどった。その後ろを二人は足元たどたどしくついていく。周りはマテバシイの林である。幾年も積み重ねた多くの細長い実が散らばっている。先

ほどの日差しが嘘のように濃い日陰が覆っている。ひんやりとした冷気が伝わる。

遠くに杉の木が間隔を狭くして並んでいる。杉の並木は明らかに人の手が加わっている。その並木まで進むと突然強い光が差し込んだ。

（まぶしい）

加藤は一瞬眼を閉じた後、瞬《まばた》きをし眼を開いた。ぼんやりとした視界がはっきりとした。

「なっ、なっ」

言葉が出ない。

眼下に田畑が現れた。西に落ち込むように棚田が整然と並んでいる。段々畑も棚田の間を縫って並んでいる。棚田の上段には小さい池、中ほどにも二か所の池がある。棚田の石垣の境界には水を通す溝が張り巡らされている。

所々に樹木群の塊《かたまり》が配置され、海との境付近には厚く帯のように樹木が生い茂る。海がまるで真下に見える。海の向こうは志摩の山々。その美しさは絵に描いたような光景である。

「これは隠田《おんでん》だな。それにしても見事だ。ここ十年や二十年で作られたものではないな。かなり綿密に計画された代物《しろもの》だ。それに島の高台の潮見台からまったく見えない。島の海岸沿いの道からも隠されているのだろう」

加藤はしばらくの間、動けないほど衝撃を受けた。

「これは志賀島村の隠田です。勝馬村もこれ程の広さはありませんが隠田があります」

喜平は、加藤の只ならぬ表情を見やりながら言った。

隠田とは公に税金を払わない田畑。年貢逃れの農地である。

（隠田と言いながら広大なものだな。勝馬村にもあるのか）

加藤は他郡の郡奉行を務めた関係で、各所の小さな隠田については見聞きしていた。だが、これほどのものを見るのは初めてであった。

「お主はこの隠田をわしに見せて、なぜそう平然としておられるのだ」

加藤は表情を変えない喜平を見て、首を傾げて尋ねた。

喜平はやはり平然と答えた。

「この隠田のことは御上《おかみ》もご存じことです。ご奉行様もご承知です。もう一〇〇年以上も前からのことです。志賀島の百姓は、海岸沿いの痩せた耕地だけでは生きていけないので、特別のご配慮を頂いております」

（そうか。俺が知らなかっただけか）

加藤は心の内で呟いた。


喜平は、隠田と杉並木の境の小道を進んで大きな岩場に出た。田畑の最上部に立岩《たていわ》がある。表面はもろく、ぽろぽろ砂利が崩れるような岩である。真砂土《まさど》という花崗岩の風化した岩質で、志賀島全体は概ねこの岩質でできているという。

喜平は立岩の前で背を屈め、頭を下げ祈った。

その後、岩盤の右手奥の隙間を手差しして、

「ここで金塊を見つけました。岩の隙間の奥に光るものが見えました。おそらく長い間の雨風で周辺の岩が崩れて現れたのだと思います」

「見つけたのは金塊だけか、他には？」

加藤は、金印が出れば他に何かあろうと思い問うた。

「金塊だけでございます」

「そうか」

「裸で剥《む》き出しになっておりました」

「その時お主はここで何をしておったのだ」

志賀島村の隠田の上に勝馬村の者が何用で来たのかと、加藤は訝《いぶか》しく思った。

「ここは古くから、わだつみの神様の磐座《いわくら》と呼ばれる場所でございます。村の行事のたびに村の者が皆でお参りするほか、家族で個々にお願いをするためにも訪れます。健康、出産、祝言などで」

（ここで金印は発見されたのか。この岩場、磐座という所に奉納されたのか）

加藤は、改めてその場所を凝視しながら言葉を反芻した。

これで、この場所を隠す意味が分かった。公然の隠田とはいえ島以外の者にはこの場所を隠し続けなければならない。金印発見の場所であれば、学者や好事家《こうずか》や他国の者までここを訪れるであろう。するとまず眼に入るのがこの広大な隠田である。

「妹婿の秀治も一緒に金塊を見つけました。この磐座で妹と秀治の祝言を神に祈りました。二人で見つけたお宝が些細《ささい》な物であれば届けませんが、見るからに金塊で文字も見え、さぞ由緒あるものかと思いました。これを私《わたくし》しては、わだつみの神の怒りを受ける。すぐに勝馬村の庄屋に届けました。庄屋からは、勝馬村の西福寺の住職に相談した上で郡奉行に届けた旨、褒美として金一封を頂いた旨を後で伺いました」

（ふう。あの口上書については、甚兵衛も庄屋も組頭も口裏を合わせていたのだ。これで謎がだんだん分かってきた）

「その金塊を発見したのはいつ頃のことか」

「そう、秀治が妹と祝言をあげた年だから天明三年。その夏頃でしたか」

「えっ、天明三年の夏、それは確かか」

「ええ、間違いありません」

（なに、金印と口上書が藩に提出される半年も前だ。その半年もの間、金印はどこに、誰が所持していたのか。津田か……）

「ご苦労であった」

加藤は、幾分の金子《きんす》を喜平に渡した。

喜平は「有難うございます」と言ってから、

「金塊は、少し押し潰れて、字もよく判別できませんでした」

と付け加えた。

「うう。そうなのか」

（わしが見た金印は、今にも作ったばかりのように型も整い字も鋭利であったが。何

か細工があるな）

　加藤と彦太郎は、磐座の立岩に礼をささげ柏手を打った。

　三人は、もとの尾根道に戻り、連れ立って勝馬村に同行した。加藤は西福寺で住職から喜平の話の確認を得た。

　加藤らは旧龍宮に立ち寄り、わだつみの神に祈りを捧げた。

　舟を勝馬の中津宮前の浜に廻すよう船頭に指示していたから、二人はそこから舟に乗り込み、志賀島の西海岸沿いに博多港へと向かった。熱気が強く二人を覆った。

　博多港への途中、叶崎、叶ノ浜の沖を通りながら、加藤は熱気に包まれながらも呟いた。

（このただの砂浜と岬に張り付いた田がある場所に、数多くの者が踊らされているのだな。わしも危うく騙されるところであった）

　ふと、加藤は志賀島の山頂に眼を移した。仙厓和尚の禅画の「○△三↓」を想い起した。
　○が金印、△が磐座、三がわだつみの神のことか。

いや、仙厓和尚は磐座のことは知らない。とすれば△は勝山か。志賀海神社のことになる。

「○△三」は、金印が志賀海神社のわだつみ三神に奉納されたという意味なのか。

「↓」とは、どういう意味合いか。

丸三角に三筋落下という賛である。

筧禰宜と氏子総代の死を意味するのであろうか。わだつみの神の怒りだろうか。

加藤は身震いした。

(仙厓和尚は、仏門の者にありながら神を異様に怖がるお方だ)

以前に仙厓に感じた思いをしみじみ思い起こした。

加藤は、博多港から天神北の屋敷に戻ると、早々と裸になって水を浴び着替えをして書斎に入った。書斎の机の斜め前の壁には、仙厓和尚からもらった「○△三↓　丸三角に三筋落下」の掛け軸がかけてある。

加藤はその掛け軸を急いで外して、丸めて戸棚に仕舞い込んだ。

机に坐すと墨をすり、その日の要点を記した。

この天神北の書斎からも海が見える。博多湾の右正面に西戸崎、大岳から志賀島へ続く直線が見え、海が夕陽に照らされている。

一、金印の発見地は、志賀島の叶崎ではなく潮見台近くの岩場（磐座）である

二、金印の発見者は、志賀島村の甚兵衛ではなく勝馬村の喜平と秀治である

三、金印の発見時期は、天明四年の二月ではなく天明三年の夏頃である

四、金印は押し潰れて字も判明できない

志賀島に行って、藩に提出された口上書は全くのデタラメを記載したもので、甚兵衛も村の役職も共犯者になって拵えたものと分かった。津田も一枚加わったであろう。津田が加わらなければ、この大それたことを村の連中だけでやれるものではない。同じ郡奉行を経験した者として分かる。郡奉行を謀《たばか》るなどは打ち首ものだからである。

一、二、の発見地と発見者を偽る動機は隠田を隠すためだろう。ここまでは分かる。

この顛末を考えたのは、津田か。

三、の発見時期が気になる。津田の動機からして半年も据え置く必要は見当たらない。

四、の押し潰れた金印についても、わしが見た金印は押し潰れてもいないし、字も

しっかりと見てとれた。むしろ、今にも作られたかのような字体に驚いたくらいだ。おそらく修復されたものであろう。津田が金印を修復してまで藩に届ける動機も見当たらない。

津田と亀井の関係が気になる。

津田は亀井南冥の私塾の弟子だ。津田は亀井を私淑している。金印が津田に持ち込まれたとすれば、津田は亀井に相談するはずだ。

亀井だけが、三、四にこだわる動機があると思える。

その動機とは、

金印について考証する時間が欲しい。諸学者の意見も聞きたい。金印は藩に提出するが、金印を単なる金の塊だと思われてはならない。鋳つぶせという者が必ず居る。金印を修理していかにも漢の光武帝からの贈答であるように立派なものにしたい。藩から金印の鑑定を依頼される仕組みにしたい。その鑑定内容が市中に出廻って亀井の名を高めるようにしたい。同時に竹田・修猷館を貶める結果になるようにしたい。そのような適時を見定めたい。そのためには少なくとも半年の期間が欲しい、ということではないか。

黒幕は亀井か。

加藤は、この後の詮索の要点を記した。

一、亀井から京、大坂の知人宛てに送られた金印考証の書状について、その日付のこと。

これは金印が藩に提出される前に亀井の知人に送られたものではないかを調べるためである。

二、金印を修理した印刻師の探索のこと。

これは金印が修復された事実を調べるためである。

三、甚兵衛の行方のこと。

これは甚兵衛から金印発見の経緯が嘘だと言わせ、誰が甚兵衛を手引きしたかを調べるためである。

四、それらが終わった後に、津田への尋問のこと。

ここまで調べが終われば津田もシラを切ることはできまい。金印発見後の企みの事実を全て白状してもらう。

そうだ、久野家老が亀井をあのように強く擁護する理由もあるかもしれない。これも調べの対象になる。

それと、昨年の寛政二年（一七九〇）五月に、幕府により「寛政異学の禁」が発せられている、これも亀井糾弾の一要因になろう。

寛政異学の禁とは、朱子学以外の異学を禁ずるもの。松平定信が老中となり、幕府から大学頭《かみ》林信敬に対して、林家の門人が古文辞学や古学を学ぶことを禁じることを通達した。その趣旨は幕府の学問所における異学の講義を禁じるもので、国内の異学派による学問や講義を禁じたわけではない。しかし、幕府の動向を見た各地の藩校ではこれに倣《なら》うものもあったという。

10　リゾートの進行とバブル崩壊

平成四年秋、寺田は福岡市南区のマンションを引き上げ、糟屋郡新宮町の戸建て住宅に転居した。

博多駅裏のJ社の本社事務所に行くのは週に一度だけ。志賀島の開発の進捗状況を報告し今後の方針を決める会議を行う。自宅から直接志賀島の事務所に通うことが通常になったので思い切って転居した。前の住居だと片道一時間以上かかる。新宮からだと志賀島まで車で二〇分もかからない。会社からは寺田専用の車を提供してもらった。

寺田が志賀島担当になって二年。当初予定の土地の買取り、借地の契約も大体終わった。これからは地上げよりも計画推進が急がれる。リゾート計画のどこから手を付けるのか。

まず虫食いのないまとまった用地から計画を進めよう。勝馬の観光農園予定地は借地が多いものの、ほぼ全域を取得していた。ここを志賀島リゾート計画の端緒としよう。旧勝馬小学校の跡地に広がる用地である。

開発予算も他の計画地と違って少なめなので、開発の第一歩として会社も着手しやすいだろう。農園だから地権者組合の農家の理解も得られるであろうし、協力しながら進めることができる。寺田は会社の志賀島担当者と協議した上、観光農園の計画を会社へ上申し了解を得た。

地権者組合の幹部はほとんど農家である。その幹部の者を構成員として、農業法人を設立し観光農園の経営の母体とした。

会社名を「F&J有限会社」として商業登録も終えた。

Fはファマー、この会社を支える農家を指し、JはJ社を指す。農業法人は、農地を転用せずに所有することができ、融資や税法上の優遇措置もある。地元の農家三人と寺田を初めJ社の社員三人を取締役とし、地権者組合の組合長の坂下昭夫を社長とした。

農業事始めである。

寺田らは、農業のイロハを勉強するため様々なことを試みた。J社所有となった志賀島の空いた農地を鋤《す》いて種を蒔いた。キャベツ、大豆、オクラ、トウモロコシ、ゴボウ、人参、大根等々、農薬を使わないで有機栽培を行った。

F&J有限会社の名義で軽トラックを購入した。現地事務所で志賀島担当のJ社の社員全員が作業着に着がえて、鋤《すき》、鍬《くわ》、草刈り機、水タンクなどをトラックの荷台に運び、二人が運転席に座り、四人が荷台に乗り込み農地に向かう。

農作業の衣服を身にまとうと、幾分の気持ち良さがある。もうサラリーマンにはみえない。にわか農業の始まりであった。

収穫した朝採れの野菜は格別にうまかった。特に、トウモロコシや大豆は、柔らかく、みずみずしく甘い。生の方がうまいと感じた。

筑後のワイアメーカーからメロンの水耕栽培の手ほどきを受けてハウスメロンを作った。ハウスだから温度調整すれば年に四度は収穫できた。毎日決まった時間にハウスに通い温度や養分を調整した。

田主丸《たぬしまる》の造園業者に依頼して、甘夏ミカンの樹木の枝に当時流行《はや》りのデコポンを接ぎ木した。当時は出始めだからデコポンは高値で取引されていた。接ぎ木でデコポンが栽培できる。思いもよらなかった。農業に特許などないのだろうか。

会社が取得した農地から採れる甘夏ミカンを収穫し、きれいに磨いて梱包した上で会社系列のスーパーで売った。ミカンの木は何も手入れはしていないのだが、J社で購入した多くの農地で多くの量のミカンが採れた。それでも一個一〇〇円とまではいかず、作業にかかる労力、経費の割には価格が低い。儲けはほとんどない。農業とはこういうものか、と寺田はしみじみ思った。

観光農園予定の勝馬の用地で、草刈りや不要の樹木の伐採等の整備も行った。F&J有限会社の役員たちにも協力を頂いた。

観光農園の基本設計は東京の大手のコンサルタント会社に依頼した。東京から、四、五人、何度か志賀島まで来てもらった。彼らも志賀島に来るのを楽しみにしているようだった。魚はうまいし山海の景観も良い。こんな環境の良い所は東京近辺には少ないであろう。

観光農園の開業準備は、着々と進んでいた。

寺田は、新宮町に転居して休日も志賀島に向かった。釣り、海水浴を手始めに、面白いことが多すぎて飽きることがない。子供も小学校低学年であったから、志賀島の自然を年間通じて触れさせたいとも思った。

春が訪れるとツクシ採りに向かう。陽の当たり具合によってツクシの成長が異なるから、所を変えて半月は楽しめる。放置された畑に生えるツクシは元の肥料がきいているのか、身も太く丈も長い。

その季節が終わるころ、ワラビ、ぜんまいなどの山菜、野イチゴやタケノコ採り。会社で購入した土地は竹林も多いので、タケノコの採れる林は多い。初めに孟宗《もうそう》竹《たけ》、しばらくして破竹《はちく》が出る。

五月になると、甘夏ミカンとニューサマーオレンジと呼ばれる日向夏が採れる。

六月になると、スモモ、ビワ。

七月になると、海水浴は勝馬に向かう「下馬が浜」で泳いだ後「舞能が浜」の沖で磯遊びをする。サザエやイソニナなどの貝類を手掴みし、タコやクツゾコ（舌ヒラメ）をモリで突く。

八月になると、昆虫採集に出掛けた。カブトムシにクワガタ。寺田は、クヌギの虫の多いポイントを幾つも見つけていたから、そこに行くと一晩で二〇匹以上も収穫があった。カブトムシは子孫を残そうと夜は交尾で忙しい。新宮町の自宅では、多くのカブトムシの交尾のけたたましい音で夜も眠れないという有様となった。

秋には山芋掘り、冬は温州ミカン、ポンカン、ダイダイを採取した。

家族三人、弁当持参で志賀島に行くことも多かった。

勝馬の高麗林から赤石の方に農道を歩き海の見える高台に行く。組み立て式のテーブルに弁当を広げ、赤石から糸島方面の海を眺める。空が大きく拡がる。海を真下に見下ろす景観と志摩の山々がうまく調和している。何といい景色だ。

寺田は、人生の一瞬の至福であったかと思う。当たり前のようにこの時期が訪れたが、その後このような時期は望んでも現れない。楽しき日々は続かない。通り過ぎた時に貴重さが身に染みて分かる。

これが本当のリゾートかもしれない。金も費やさずにかけがえのない何年かを味わわせてもらった。有難い。誰あろう感謝をささげたい。

わだつみの神なのだろうか。

世は、まだこの未曽有《みぞう》の好景気が続くものと誰もが思っていた。この好景気の後に不況が訪れるなどとは思えなかった。ただ景気が過熱気味であることの不安が残った。

日銀は、過熱した景気を抑えるべく公定歩合の引き上げを繰り返し行った。政府は、総量規制を行い、金融機関に対し不動産向けの融資を極端に制限した。これにより行き過ぎた地価の高騰は抑えられるが、結果として急激な景気後退をともなった。

株価も三万八〇〇〇円台をピークに暴落し、半年で二万円を割り込んだ。銀行も融資に慎重になり「貸し渋り」「貸し剥《は》がし」が頻発し、更に景気の後退を加速させた。バブル崩壊の序幕である。

ある日の勝馬の農園整備。

地権者組合の幹部からの応援も得て、下草取り、蔓《かずら》切り、不要の樹木の切り取り作業を行った。

二〇人ほどの者が集まった。午前の作業が一段落して昼休憩に入る。皆で輪になって地に腰を下ろし、特注していたコンビニ弁当を広げた。

「景気が落ち込んでいるというニュースを聞くが、志賀島は大丈夫だろうか」

地権者組合の組合長、農業法人の社長でもある坂下昭夫が尋ねた。

「うーん、どうなのでしょうかね」

寺田は返答に困った。

「今は農園に取り組んではいるが、ホテルや別荘などリゾートの要《かなめ》は開発できるのだろうか」

地権者の誰もが思う疑問を、坂下は問い質した。

寺田は答えようがない。

(疑問に思うのはこちらも同じだ。どうなるのだろう。先行きがさっぱり分からない。リゾート開発は続けられるのだろうか)

「このまま不景気が続けば、他の施設の開発は難しくなるかもしれませんね」

寺田は思い切って答えた。

世の状況は誰もが分かっている。開発の責任を担う会社の立場にあるからといって、気休めを言っても仕方がない。

「そうか。今まで契約した土地はどうなるのかね」

坂下は立場上更に尋ねた。

「会社で買ったものは、そのまま返したりしませんよ」

「この農園は大丈夫かね」

「少なくとも農園だけはやり遂げます」

寺田は会社の意思がどうあろうと、自己の意欲としてかろうじて答えた。景気の後退がじわりじわり迫り、誰でも明日への不安を募らせているのである。


志賀島事務所では、開発担当者は皆揃って昼食に行く。渡船場の近くに角美屋《かどみや》という食堂がある。ちゃんぽんに焼き飯、うどんなど何でもうまいが、寺田は、ここのチキンライスが特に好きだった。併せて卵入りみそ汁を注文する。その卵の黄身だけをチキンライスに加えて混ぜて食べる。寺田のお気に入りであった。

横のテーブルで漁師らしきグループが食事していた。

「リゾートやらで、随分農地を買い漁《あさ》っているらしいな」

「リゾートなどやらせんよ」

どうやら寺田らのことに気が付いていないらしい。

「開発が行われ、山の樹々が切られたら海が傷んでしまう」

「志賀島は山があってこそ海が生きる」

志賀島の定置網は島の北海岸の沖にある。天然わかめは弘の名物である。いずれも山が近い。木の伐採があれば影響は免れないであろう。

「山ほめ祭で山をほめるのは海のためだからね」

山をほめて海の収穫を祈る。古代から続く祭りでも謳われている。

「開発が進めば、わだつみの神様も黙ってはいないだろう」

漁師はわだつみの神の怒りを身に染みて感じている。

農家と漁師はJ社のリゾート開発について見事に分かれていた。農家の大半はリゾート賛成で土地を提供する。漁師は例外なく反対である。

「まあ、景気も落ち込んできているから、リゾートもいずれ息切れするだろう」

「ざまあみろだな」

開発が進めば遅かれ漁師の協力も仰がねばならないが、将来厄介なことだ。

平成五年六月の夜半、一本の電話で寺田は眠りから起こされた。

「弘の赤石から土砂が流れて道を閉塞しています。すぐに来てください」

相手はJ社と共同で開発を行っているゼネコンのZ社の担当者からだった。

弘の赤石といえば、J社が志賀島の開発に乗り出す以前の昭和六二年頃、ある質《たち》の悪い土建業者によって乱開発（無許可開発）された用地である。弘地区の集落の北側に位置し、周回道路から二〇メートルくらいの高台にある。糸島半島を望む夕日の見栄えが素晴らしいところである。

赤石の高台は、住宅用地の平地を作るため、木々は切り取られ土地もショベルなどの重機で削られていた。土建業者は摘発されたが、その土地をリゾート用地としてJ社が引き受けたのだった。

当時、緑は剥ぎ取られ岩場と土砂が剥き出しになっていた。J社は山崩れなど起きないように応急の処置は施したが、島の岩盤は真砂土で雨風に弱い。この季節の長雨で砂地に多くの水を溜め、一気に土砂が流れたのだろうか。

現地に急いで車で行くと、弘地区の集落を通ってすぐの赤石地区の手前で交通止めとなっていた。深夜にもかかわらず多くの灯りで眩《まばゆ》い。警官や地元の消防団などが警戒にあたっていた。土砂は海岸沿いの道路を埋め尽くし、更に乗り越えて海にまで達していた。

「ひどいな」

寺田が思っていた以上の惨状であった。

幸いにも、夜中で車の通りはなかったので人身事故には繋《つな》がらなかった。警察とやり取りした後、後始末にかかった。朝までに土砂を片付けねばならない。

とりあえず土砂を今計画している観光農園の駐車場予定地に運び入れることとし、至急ゼネコンのZ社にダンプを手配させた。土砂の量は想像をはるかに上廻った。何度もダンプが土砂を積んでピストン輸送した。

その後、赤石の台地には水路を確保し、植林も行うことにした。道路との境には高く土嚢《どのう》を積み上げた。

リゾート開発に暗雲をもたらす出来事であった。

「わだつみの神の警告だ」

住民の囁きが耳に残った。

11　家老会議

寛政四年（一七九二）六月、加藤一成と竹田定良は、福岡城上之橋を渡り大手門をくぐり三の丸に入った。大手門すぐに筆頭家老黒田美作守隆庸《みまさかのかみたかつね》の屋敷がある。三の丸には家老クラスの屋敷が並ぶが、その中でも最も広い屋敷である。黒田美作守は三奈木黒田家の当主、藩の大老職を世襲する家柄である。代々、美作守を名乗る。

三奈木黒田家は、荒木村重の家臣であった加藤重徳《しげのり》の次男の黒田一成《かずしげ》を祖とする。織田信長に反抗した村重の説得の為に黒田孝高（官兵衛）が村重居城の有岡城へ向かったが捕えられ牢獄に入れられた。この時、重徳が色々と世話してくれたので孝高はその恩に報いるため、有岡城の戦いで村重が敗れて没落した後に、一成を自分の養子とした。黒田長政の筑前入国後、一成の家系は三奈木（福岡県朝倉市）に居館を構え、一万六〇〇〇石を領したため、以後三奈木黒田家と称された。

三奈木黒田家は、治之の治政では家老職を退けられたが、治之が亡くなると間もなく家老職に復帰し、二年前から主席家老の職に就いていた。

加藤一成も、三奈木黒田家と祖を同じくする家系にあり、その祖と同じ名を襲名していた。

加藤と竹田は築地塀の続く茅門をくぐった。玄関から奥へ庭に面した座敷に通された。

しばらくして、美作守が座敷に入り上手に座った。

「ご機嫌麗しく……」

加藤と竹田が挨拶の口上を述べようとすると、

「挨拶はよい」

美作守が苦々しく顔をゆがめて制した。

美作守はまず竹田に向い切り出した。

「お主がだらしないから亀井に舐められるのだ。修猷館がいつまでも甘棠館の風下に立たされるのだ」

「はっ、申し訳ござらぬ」

竹田は、身を縮め低頭する。

「もそっと覇気《はき》を持て。なよなよするな。見た目で負けておるぞ」

竹田は、いよいよ恐縮する。

「ゆくゆくは甘棠館は潰《つぶ》さねばならない。藩に二校の藩校など要らぬ。一度で甘棠館を潰せなくても徐々に真綿で絞めてゆく」

美作守は、うす笑いを保ちながら言い放ち、さらに続けた。

「わしは治之公に詰め腹を切らされ、久原や野村などに藩政を握られた。ましてや、どこの馬の骨とも分からぬ亀井などが藩校の祭酒となっておる。これまでわしが味わった苦汁の数々のお返しを今から往々とせねば気が済まない」

黒田美作守は、野村、久原家老の引退の後に筆頭家老となり藩政を牛耳っていた。第九代藩主の斉隆は病がちで、まだ一五歳。万事、家老会議で重要事項は定められた。その頂点に立つのが黒田美作守であった。

美作守は加藤に眼を向け、

「加藤、家老会議の首尾は如何じゃ」

「調べは終わっております。亀井の企みを全て明らかに致す所存でございます」

「家老の面々は間違いないであろうな。よもや処分に異を唱える者などおりはせぬな」

「五名の家老のうち、二名は美作守様のご加勢の方々。他の二名の方々も亀井の罷免に反対することはありますまい。既に治之公の時代は終わっているのですから」

既に久野外記も野村東馬も、家老を引退後死去していた。

加藤は、会議の筋立ては既にできており何も心配することはない旨を答えた。

「うむ、万事、首尾よく頼む」

美作守は笑みを浮かべて両名を見廻した。


寛政四年（一七九二）七月の朝五つ時（午前一〇時頃）、蝉の声が甲高《かんだか》く響く中、二の丸御殿の御書院で家老会議が開かれた。

五名の家老と年寄の加藤が居座った。加藤は特別にこの会議に出頭を命じられていた。加藤は、この数年で郡奉行から組頭、年寄へと出世した。

朝とはいえ日差しは強く屋内でもうだる暑さであった。各自円陣を組みパタパタと扇子を煽ぐ。蝉の声が一層暑さを深めた。

主席家老の黒田美作守が口火を切って、

「本日の議は、甘棠館祭酒の亀井南冥の弾劾の一件、年寄の加藤より報告させ申す」

と加藤を促した。

「加藤一成でございます。それがしがこの数月詮議した次第を申し上げます」

いささか緊張気味に言葉を発した。

加藤は、一枚の書面を左手に持って、

「金印発見について書かれたこの口上書はねつ造されたものでございます。発見の場所、時期、状況について全て偽りの内容を記してございます」

と加藤はその書面を高く掲げ、各家老の眼前一人一人に示した。

以下、加藤は、金印発見の経緯の事実と亀井南冥の関りについて詳しく説明した。

「発見者とされる甚兵衛も、添え書きを書いた庄屋も組頭も実在しますが、いずれも口上書のねつ造に加担した者たちです。喜兵衛も商人の米屋才蔵もこの口上書の証人として登場しますが、これも同じく加担した者。更に書の宛先の郡奉行の津田源次郎までもがこの企みに関与した者です」

加藤は、口上書が多くの者が企んだ偽作であることを強調した。

「金印は、志賀島村の叶崎から発見されたものではなく、志賀島の山頂の潮見台の近くの岩場から発見されました。その岩場の下には志賀島村の隠田が拡がります。隠田といってもこの一〇〇年余りの間、藩が認めたものです。

金印の発見者は甚兵衛ではなく、勝馬村の喜平と秀治という者。二人は勝馬村の庄屋を通して、一旦は志賀海神社に金印を奉納しましたが、神意に合わないとして庄屋に返還された後、庄屋は改めて郡奉行の津田源次郎に金印を提出しました。尚、勝馬村の庄屋は、志賀島村の庄屋を兼ねております。

金印を発見した時期も天明四年の二月ではなく、その前年の天明三年の夏だということです」

加藤は、金印発見場所、発見者、発見時期などを説明した。いずれも口上書の内容とは異なることを明らかにした。

「それがしは、前郡奉行の津田源次郎に口上書が書かれた経緯を問い糺《ただ》しました。それまで詮議したところを伝えると、津田も観念して全てを明らかにしました。

金印が勝馬村の庄屋から津田に持ち込まれた後、津田は、金印がいかなるものか、どう取り扱うべきかを亀井南冥に相談しました。天明三年夏のことです。亀井と津田は昵懇で、亀井の開く儒学の私塾で師弟関係の間柄。ついでながら、米屋才蔵も亀井の門弟で、その談合は博多綱場町の才蔵の屋敷で行われたとのことです。

亀井は、金印を見て、すぐに後漢書の金印ではないかと驚き、しばらく金印を預けて欲しいと津田に頼み込み、津田は否応もなく金印を亀井に預けたといいます」

加藤は、金印が藩に提出される半年も前の天明三年の夏に発見されたこと、その時点で、亀井は津田から相談を受け金印を知り、しかも預かっていたことを説明した。

「亀井は、金印が傷《いた》んでおり、そのままでは見栄えがなく藩に受け入れてもらえないことを恐れて、その修復を知り合いの印刻師《いんこくし》の嘉平に依頼しました。嘉平の証言も取っております。亀井は、金印の修復とともに、それと同じ型、素材の金印を二個作らせたという証言もあります」

加藤は金印が亀井によって修復されたことを明らかにした。

「亀井は津田と話して、金印を市中に眠らせるわけにはいかぬ。かといって、ありのままに公にすれば隠田が現れる。御上も困るし志賀島村の農夫も難儀する。そこで、亀井、津田、志賀島村の庄屋らが、叶崎の甚兵衛の田から出土したものとして口上書をねつ造することを企んだという次第です。亀井が口上書の内容を作文したと聞き及んでおります。

発見者とされた甚兵衛には暫く他国に行ってもらう。甚兵衛が志賀島に居ては、遅からずこのカラクリがばれる恐れがある。甚兵衛だけが金印発見時の状況を知っているとして、世間の耳目が集中するからです。甚兵衛の消息は今も不明。甚兵衛は、もうこの世におらぬかもしれぬ」

加藤は口上書のねつ造の経緯を述べ、暗に甚兵衛が消された可能性のあることも示唆した。

「金印は半年も前に発見され亀井が所持していましたが、金印を藩へ提出する時期は亀井が決めたものと思われます。

その半年の間に、亀井は、金印の修復と二個の金印の鋳造を行い、京、大坂の学者の意見を求めております。南冥の知人の儒者と思しき者らを京、大坂の藩邸、蔵屋敷の者が調査したところ、日付がない書状を送られていることが判明しました。書状はおそらく金印提出の前の年に送られたと思われます。亀井が鑑定し著述した金印弁も、その半年の間には出来上がっていたものと思われます」

加藤は亀井が金印を半年間も所持して、金印を公のものにするための準備をしたことを説明した。

「あとはいつ金印を公のものにするか、亀井はその適時を待っていた。

東西学問所が開校して遅くない時期、開校が城下の話題を集め、多くの入門者が学問所の選定をする時期、加えて金印の発見がさらに話題を集め、その鑑定が開校間もない二つの藩校に鑑定依頼され、その鑑定結果が市中に出廻るであろうと予測する時期、その適時に金印は津田郡奉行より藩に提出されました」

加藤は、亀井が金印を自分の名声を上げる道具として利用したとの印象を与えた。

「藩は、金印が提出された後、亀井と竹田に日時を定めて金印の鑑定を命じました。亀井は『金印弁』を、竹田は五人の教授の連名で『金印議』を提出しました。スキのない実証的な亀井の金印弁に比べ、竹田の金印議は荒唐無稽な内容にならざるを得なかった。調査しようにも手掛かりも時間もない」

加藤は、亀井が半年も前から金印を吟味して金印弁を準備していたのに対し、竹田は突然の鑑定の命に狼狽した、とばかりに釈明した。

「亀井は、金印発見の地である叶崎を図面で書いて詳細に説明します。『発見地はここ』とばかりに主張します。だが、何ゆえ叶崎なのかについては全く触れておりません。金印は叶崎では発見されていないことを知っていたからです。竹田の金印議は記す題材も乏しいことから、なぜ金印の発見地が志賀島の叶崎なのかにこだわり、あの珍妙な金印漂流説となり自ら墓穴を掘りました。

両者の勝負は明らか。亀井は思惑以上にことが進んで満足したものと思われます」

加藤は、亀井の巧妙な企みを強調し、亀井と竹田の鑑定の格差も割り引いて評価しなければならないことを示唆した。

「この件は、久野家老も加担していたものと思われます。亀井は久野家老にも相談し、金印を世に有らしめて、なお隠田も漏れぬ方策を考えると同時に、亀井、甘棠館の名を高め、逆に竹田、修猷館の名を貶《おとし》める方策を考え、そのことを久野家老も後押ししたと思われます。久野家は、亀井家に因縁を持ち、また竹田家に遺恨を持つ家と調べてあります」

加藤は、亀井と久野家老、並びに竹田と久野家老の関係が只ならぬことを示唆した。久野家老の名が示されたとき「おう。おう」というざわめきが起きた。

加藤は、更に、先の石碑問題での亀井の不遜な態度、石碑に名を残そうという功名の執着心を指摘した。

二年前、幕府より寛政異学の禁が発せられ、朱子学以外の学問が禁止されたことにより、亀井が教える古文辞学が異端となったことも付け加えた。

「以上が、金印発見の顛末と亀井南冥との関わりを示す趣意でございます」

と加藤は言って話を締め括った。その顔は紅潮し、幾分肩で息を吐いた。

会議の議の中で、隠田を公にしないための工作はやむを得ないとの発言もあったが、大勢《たいせい》は亀井が藩を謀《たばか》る身の程知らずの者として、亀井の甘棠館祭酒を罷免することに落ち着いた。また、隠田がらみの件だからとして、亀井と市中の知人や他国の者との折衝を断つべく、禁足《きんそく》（謹慎蟄居）の罰を加えた。

加藤は満足の笑みを浮かべ、家老の面々に深く頭を下げた。

家老会議が終了する間もなく、家老付きの者たちが、処分の書面を認め唐人町の甘棠館に向かった。

その日のうちに、南冥は甘棠館の祭酒を罷免され、かつ罪を得て禁足を命じられた。罷免と禁足の理由は明らかにされなかった。

家老会議に先立って、南冥を長く庇護した家老の久野外記が亡くなっており、彼を擁護する者はいなくなっていた。家老会議は南冥を擁護する者がいないことを見定めた上で開かれ、罷免と禁足の決定がなされたのである。

加藤は、久野と亀井の関係、久野と竹田の関係については、会議の場では明らかにしなかったが、次のような調べをしていた。

久野家と亀井の関係については、

久野家老が、亀井を重用した第七代藩主治之からその死後の亀井の処遇を頼まれたということの他に、久野家の祖と亀井の祖との間で次のような因縁があることが判った。

亀井の祖の三島氏は、大蔵流の原田氏の家臣の家柄であった。豊臣秀吉の九州攻めの際、筑前の糸島地方を支配していたのは原田氏であった。怡土郡の高祖城の当主であった原田信種は島津側に加担していたが、秀吉の大軍に恐れをなし動きが取れない。日向峠《ひなたとうげ》で、黒田官兵衛（孝高）配下の久野家の祖の久野重勝《ひさのしげかつ》と亀井の祖の三島壱岐の軍が衝突したが、三島は撃退された。

黒田官兵衛は、久野重勝を通して原田信種に投降を勧めた。原田氏の窓口になったのが三島壱岐である。原田信種は家の存続と引き換えに投降した。久野重勝から黒田官兵衛に、黒田官兵衛から豊臣秀吉に、原田の取り成しを進言したが、遅参を理由に原田信種は旧領没収となった。

　その後原田信種は、佐々成政の、後に加藤清正の与力とされたが、亀井の祖の三島壱岐は怡土郡に留まり帰農した。

　久野は亀井南冥を士分に取り立てて、先祖の負い目を償いたいと願っていた。というものである。

　久野家と竹田の関係については、
竹田家の初代定直は、御笠郡《みかさぐん》大野村に所領を得て、その牛頸《うしくび》に屋敷を構えていた。第三代藩主光之は藩儒の定直を重用していたので、牛頸では福岡の城まで通うのに不便であろうと、三の丸の久野家の屋敷の一部を定直のために割り当てるよう命じた。久野家老の先々代のときである。
　定直は三〇〇石、久野家は六〇〇〇石である。久野家は代々家老を務める家柄で、祖の久野重勝は黒田二四騎の一人でもある。久野の先々代は納得がいかないのか、三の丸の退去を願い出て赤坂に移った。

（きのうきょうに黒田の家臣になった者に、播磨《はりま》以来の譜代の士が舐《な》められたものだ）

久野の先々代は憤慨した、というものだ。

これらの事例が、久野家老の亀井や竹田との関係を決定付ける証拠となるものとは思わないが、「人の心は推し量れない」と加藤は想うのであった。

12　リゾートの顛末—安曇野にて

J社の志賀島担当部では、平成五年からの三年間は、専ら勝馬の観光農園の開業に向けての整備と計画の進行に費やされた。東京のコンサルタント会社に依頼していた農園の基本設計も出来上がっていた。

農園のコンセプトは弥生時代の情景、その名も金印に由来して「奴国《なこく》の里」とした。基本設計は概略、次のようなものだった。

農園の場所は、勝馬と弘の中間部の高台にある旧勝馬小学校の跡地を含む馬蹄形の農地である。周囲をカシ、シイの広葉樹の林が取り囲む。広さは山の部分も併せて約一〇ヘクタール。西の博多湾が見える箇所に入口となる施設を設ける。売店と事務所を合わせた二階建ての建物である。

志賀島の周回道路の勝馬と弘の中間あたりに、直接勝馬の集落に向かう道路が分かれている。その道路を一〇〇メートルほど行くと観光農園の駐車場の入口がある。駐車場には二〇〇台ほどのスペースがある。農園は高台にあるから、駐車場の奥からはエスカレーターで農園の入口まで上がる。

入口をくぐると、そこには弥生時代の風情が漂う。農園の周辺を木柵で囲い、所々に楼観《ろうかん》（物見やぐら）を設置する。高倉倉庫や竪穴住居の他、中央に大きな宮室を建てる。宮室の中は博物館である。阿曇族、わだつみの神、金印に関わる歴史を映像と物語で学べる。

北側の勝馬方面は眺望を良くするため樹木を適宜伐採する。木組とデッキ調の遊歩道を巡らせ、北の玄界灘を木漏れの中で見通しながら歩く。

東西に広がる中央の畑には、春は菜の花、夏はヒマワリ、秋はコスモスなどを畑一杯に咲かせる。

野菜作り、メロンの栽培、デコポンの収穫などの農業の体験コーナーを設ける。

売店では、志賀島特産のもの、鮮魚、干物、天然わかめ、サザエなどの海産物、その他にビワ、甘夏、日向夏、スモモ、イチゴなどの果実などを取り扱う。売り子は弥生の衣装で客に対応する。

次は、その計画を実施するための設計図面を作り、開発工事を始めるという段取りである。

寺田ら担当者は、基本設計を担当した会社に実施設計の見積もりを依頼した。その見積書を添付して稟議書《りんぎしょ》を書き上申したが、なかなか会社の了解が得られない。

J社は、景気が沈滞化して投資をすることに足踏みしている。この時期にリゾート開発を行うこと自体に役員の間で疑問の声も出ていた。

稟議書を書いては撥《は》ねられる月日が過ぎた。

志賀島事務所では、担当者が苛立ちを抱えたまま議論を続けた。

「何度も稟議書を書いては承認の印鑑をもらえない。どうしたものだろうか」

若手の瀬戸が言った。

「我々開発担当者からすれば、農園の開発をやることに躊躇はできない。地権者組合の方々に随分協力してもらったし、止めればこれまでやったことが全て無になる」

同僚の全員は暗黙に賛成する。

「でも、経営者からすれば、今の景気判断や別の角度からの見方もあるのだろうね」

寺田がため息交じりに言った。

「それも分かりますが、もうゴール間近ですよ。ここまで来てリセットはありません。我々の進む道は一つしかないです」

瀬戸は更に確認を入れた。

「うん、難儀なものだな」

寺田はまたため息をついた。

「今の経済情勢はよく分かっている。ただ、この七、八年やってきたことや、今まで築いた志賀島の人たちとの繋がりを考えると、人間として後には引けないよね」

星が同じようなことを繰り返し言って、更に「人間として」を持ち出した。

「人間としてか。企業の論理から言えば、人の倫理を持ち出すと企業は生き残れないというのが相場だ」

別の誰かが言った。

「そんなことは分かっているよ。分かったことをいうな」

星は感情的に言い返した。もはや喧嘩腰である。

「どうどう巡りだね」

論議をいくら重ねても結論に至らないもどかしさを、開発担当者の全員が共有していた。

志賀島の開発担当の役員は間専務である。同専務は、担当する博多駅近くの商業施設の開発が着工し、連日多忙の日々を送っていた。志賀島の農園の開発などに構っていられる状況には無かった。

そこで、寺田はもう一人の片桐専務に志賀島の件を相談した。同専務は内に外に信望が厚い。会社での発言力も強い。社長の弟にあたるが兄弟で性格も異なる。社長は多様に開発を手掛けアクセルを踏み続けるが、他方の専務は思慮深く時にブレーキを踏む。うまく噛み合って会社が前に進むという具合である。他の役員では口に出せないことも敢えて弁ずるという性格でもあった。

寺田は、片桐専務に志賀島の農園の状況を説明し、お願いした。

「間専務は現在、商業施設の開発に専念されています。その開発は会社の浮沈にかかわる事業ですから、志賀島の事で煩らせたくありません。でも、志賀島の農園の開発もここ三年ほど足踏み状態です。間専務に代わって志賀島の担当役員になって頂けないでしょうか」

役員の間では志賀島の農園開発に躊躇する大勢があったので、寺田はこれを打開する狙いもあった。

「君らは私を志賀島の仲間内にして、農園の開発を会社に認めさせようという魂胆《こんたん》ではないのかい」

「……」

ズバリであった。寺田の機略も見透かされている。

「今は何ともできない。商業施設が終わってからだね」

と寺田は専務に諭《さと》された。

今の会社の状況では、その通りなのであろう。

平成八年一月になって、寺田は志賀島の担当を突然に外《はず》された。J社は、博多駅近くに大型商業施設を建設しており、その開業がその年の四月末に予定されていた。開業準備のために各部署から相当数の人員が動員され、その一人に加えられたのである。

宮仕《みやづかえ》の身だから異動もやむを得ない。開業が済めば、また志賀島に復帰できるだろうと寺田は軽く思っていた。

開業準備の仕事は過酷を極めた。朝七時に朝礼があり前日の仕事内容を報告しその日の役割を決めた。仕事は深夜一二時に及ぶ。開業の日が迫っており、次から次へと想定外の仕事が発生するので、毎日仕事が終わり切れない。稟議書や発注書は毎日何枚も書かねばならない。

自宅に帰っても居る時間はほとんどないから、会社の近くのサウナに連日泊まった。休日は全くない。仕事が済んで深夜に同僚の川上と屋台に寄り、酒の熱燗を飲みラーメンをすするのが唯一の楽しみだ。

「まるで戦場だな」

川上はあきらめたように嘆息した。

「酒とラーメンがあるだけ戦場よりマシか」

寺田はやや自棄《やけ》になって言い放った。

そのような心身の限界に近い仕事を四か月も続けた。

四月末にその商業施設は開業し五月の連休を終え、寺田はやっとこの仕事から解放された。

一週間の休日をもらったので、寺田はどこか旅をしたいと思った。四か月に及ぶ戦場のような仕事から、気持ちを切り替えたいと思った。どこに行こうか、静かなところ、温泉もあるところ、連休明けだから、どこに行っても空いているだろう。

寺田は、一人で福岡空港から長野県の松本空港へ飛んだ。阿曇族とわだつみの神が頭から離れないので、阿曇族の終焉の地かもしれないという安曇野に行くことにした。

松本空港からバスで安曇野に向かった。車窓から雪を頂いた日本アルプスがみえる。信州は初めてだった。

初日は安曇野の穂高神社の近くの旅館に入った。夕食はワサビに、川魚、信州そばの定番が出た。どれもうまい。夕食を終えた後は早い時間に寝た。この旅は四か月程の寝不足を解消する旅でもあった。

あくる早朝に、寺田は宿を出て辺りを散歩した。町通りを離れ農地に出た。穂高連峰が迫っている。さすが九州の山々とは趣が異なる。

（静かだ。音がない）

高い山が迫っているからだろうか。耳がツーンと抑えられたような何一つ聞こえない静寂があった。こんな経験は初めてだった。

寺田は宿に戻り朝食を頂いた。川魚に、わさび漬けの定番の他に、オキュウトのようなものがあった。醤油をかけて食するとオキュウトそのものだった。この安曇野でオキュウトを食べるとは思いもしなかった。エゴノリという海藻が原料だから山のものでは無いはずだが、不思議だ。


朝食を終えた後、松本から上高地《かみこうち》行きのバスに乗った。

初めて上高地の梓川《あずさがわ》のほとりに立った。河童橋《かっぱばし》付近は流れが速く、遠目から水が乳白色に見える。

河童橋から少し上流に昇ると、川の流れに取り残された沢が幾つもある。木々が水に浸かり枯れたまま立っている。水は透明に澄み、魚も見えるが全く動かない。時間も空間も止まったままだ。音の気配も全くない。また耳がツーンと抑えられる。

経験したことのない時空に感動が湧く。こんな世界もあるのだ。

更に奥に進み、穂高神社の奥宮に着く。祭神は穂高見命《ほたかみのみこと》。

由緒には、太古、奥穂高岳に天降ったと伝えられる穂高見神は、海神の綿津見《わたつみ》神《の》の御子神《みこしん》で、海神の宗族として遠く北九州に栄えた阿曇族の祖神であり、日本アルプスの総鎮守として明神池畔《みょうじんちはん》に鎮座する、とある。

（穂高見命も海神か。それも、わだつみの神の子か。奥穂高岳の山頂には穂高神社の嶺宮《みねみや》が鎮座するとある。穂高神社と嶺宮。神社と磐座とのセットのように思われてならない）

夕食前に穂高神社を参拝した。祭神は穂高見命、綿津見命、瓊瓊杵命である。

なぜ穂高神社にわだつみの神が祀られるのか。

神社の案内書によると、古代阿曇氏が定着し、その阿曇氏によって祖神が祀られたとされる。阿曇氏は海人族で志賀島が発祥地、北九州を中心として栄え、その活動範囲を東方へも拡げた。ここへの定着は六世紀と推定されている、とある。

穂高神社の例大祭は「御船祭《おふねまつり》」と呼ばれ、毎年九月二七日に行われる。船形の山車《だし》の御船をぶつけ合う勇壮な祭ということだ。九月二七日は天智天皇二年（六六三）白村江で戦死した阿曇比羅夫《ひらふ》の命日と伝えられる。

神社の境内には阿曇比羅夫の像がある。その石碑に次のように記されている。

「大将軍阿曇連《むらじ》比羅夫は、天智天皇元年（六六二）天皇の命を受け、船一七〇艘を率いて百済の王子豊璋《ほうしょう》を百済に護送し、百済の王位に即《つ》かした。翌年、新羅・唐の連合軍と戦うも、白村江で破れ戦死する。九月二七日の例祭（御船祭）の起因であり、阿曇氏は英雄として若宮社に祀られ、英智の神と称えられている」

この険しい山国の盆地で大小の山車の船がぶつかり競いあうという不思議なバランスが面白い。伝統のすごさ、怖さを感じる。

ここにも阿曇氏とわだつみの神の大きな痕跡がある。古代からの阿曇族の足跡をもっと広く深く調べてみたいと寺田は思った。

あくる日は安曇野の近くの浅間温泉で湯に浸かり、終日よく寝て、うまいものを食った。

安曇野に来て、一つの伝説に興味を持った。

泉《いずみ》小太郎《こたろう》の伝説。

古代、松本のあたりは山々から流れる水をたたえる湖であった。その湖には犀竜《さいりゅう》が住んでおり、東の高梨《たかなし》の池に住む白竜王《はくりゅうおう》との間に一人の子供をもうけた。名前を泉小太郎という。小太郎の母である犀竜は、自身の姿を恥じて湖の中に隠れてしまう。成人した小太郎は母の行方を捜し尾入沢《おいりさわ》で再会を果たした。そこで犀竜は自身がタケミナカタの神（建御名方神）の化身であり、子孫の繁栄を願って顕現したことを明かす。湖の水を流して平地とし人が住める里にしようと告げた。小太郎は犀竜に乗って山清路《さんせいじ》の巨岩や久米路《くめじ》橋の岩山を突き破り、日本海へ至る川筋を作った、というものである。

大昔に岩山を人の手で開削して松本盆地を排水し開拓したことが、伝説となって残っているのだろうか。

タケミナカタの神は古事記の出雲神話に登場する。天照大御神が大国主神に葦原中《あしはらなか》国《つくに》の国譲りを迫った「国譲り神話」である。

天照大御神が建御雷神《たけみかづち》を出雲に遣わした際、大国主神の御子神であるタケミナカタは、巨大な岩を手先で差し上げながら現れ、建御雷に力競べを申し出た。建御雷の手を掴むと、その手は氷や剣に変化した。タケミナカタがこれを恐れて下がると、建御雷はタケミナカタの手を握り投げ飛ばした。タケミナカタは逃げ出したが、建御雷がこれを追い、ついに信濃国の諏訪湖まで追いつめてタケミナカタを殺そうとした。その時に、タケミナカタはその地から出ない旨と、葦原中国《あしはらなかつくに》を天つ神の御子に奉る旨を約束し命は保たれたという。

タケミナカタの神は諏訪大社の諏訪大明神となった。

そのタケミナカタの神が龍となり、泉小太郎はその背中に乗って、松本、安曇野の平野を切り開いたという。

泉小太郎という名が気になる。泉は白水。寺田は、片岡から白水郎の万葉歌を習っていたことを思い出した。

「志賀の白水郎《あま》の釣りし燭《とも》せるいさり火《び》乃《の》　ほのかに妹《いも》を見無《みむ》よしもか裳《も》」

（白水郎をアマと読む）

泉小太郎と白水郎は関連がありそうだ。片岡に話してみようと寺田は思った。

休みが明けて会社に戻ると、志賀島の復帰についてては何も語られることなく、寺田は総務部への異動を言い渡された。もう志賀島に戻ることはないのだろうか。

バブル崩壊後、Ｊ社は志賀島の開発に消極的になっていた。大型商業施設の建設に大きな資金を投入したから、志賀島に向ける余裕も失われていた。農園の実施設計も中断され、地権者との契約も徐々に減っていたから、担当も三人に減らされていた。サラリーマンとは因果な商売である。

あれだけ入れ込んでいた志賀島の開発の仕事も、職場が異動となると、現在の仕事に奔弄されて次第に疎遠となる。寺田は志賀島のリゾート開発をライフワークとまで思い込んでいたのに、一片の辞令でリセットされた。

この会社は不動産開発の仕事に重点があったから、経理や総務や人事などの管理部門の仕事はおざなりになっていた。寺田は、就業規則や諸規程の整理から始まって、株主総会や取締役会などの会社法のイロハを何もかも初めから作り直さねばならなかった。これでは仕事に追われる。

志賀島の地権者に会うこともなくなったが、地権者は、その後もイチゴや甘夏ミカンを自宅に送ってくれる。多くの者から年賀状ももらった。有難いことだと、寺田は感謝した。

この頃、リゾート法による整備、開業した会社の破産や倒産が相次いだ。

福島県の会津リゾート開発は、九〇〇億円余の負債を抱え民事再生法の適用を申請した。北海道のトウベリゾート開発は、一〇〇〇億円余の負債を抱え自己破産した。宮崎県のポイニクスリゾートも、三二〇〇億円余の負債を抱えて会社更生法の適用を申請している。第三セクターは平成一三年（二〇〇一年）までに三〇法人が経営破綻し、解散等に追い込まれていた。

銀行関係の倒産や破綻も相次いだ。

北海道の大手都市銀行のT銀行は、地価上昇を見越して土地評価額に対して過大な融資を行い、また、バブル期の融資に出遅れて劣後順位での担保設定を行ったことから、回収が思うに任せず不良債権が膨らみ営業継続を断念した。

政府系の大手都市銀行であるN銀行は、バブル崩壊で膨らんだ不良債権をいわゆる飛ばしで処理していたが、金融調査で債務超過と認定され国有化された。

四大証券会社の一角にあったY証券は、株価が下落するのに伴い一任勘定で発生した損失を、顧客に引き取らせずに簿外損失として引き受けた。いずれ株価の上昇で損失が解消するのを待ったが、銀行からの支援を失って自主廃業をした。

事態は金融危機の様相を呈していた。

平成一二年に至って、J社は、志賀島のリゾート開発からの撤退を決めた。バブルも崩壊して七、八年経過し、各銀行はバブル期の不良債権を大量に抱えていた。何百億円という投資に資金提供する銀行などなかろう。撤退もやむを得ぬ決断かもしれない。

撤退の後始末は残された担当者が受け持った。彼らは地権者組合と何度も会合し、各地権者に頭を下げて廻ったことであろう。

J社が買収した土地は元には戻せないが、賃借していた土地は地権者に返還し、会社が手を加えた土地は原状に復した。片岡が講義を行った現地事務所のプレハブも解体され、土地は元の埋立地に戻った。J社は既に二〇億円程度の投資をしたが、まだ傷は浅い。早期に開発を進めなくてよかったと経営者は安堵した。

志賀島は、この一〇年余のことを、まるで何事もなかったかのように元の姿のままであった。

寺田は、この間の出来事がわだつみの神の思し召しのように思えた。

13　その後の南冥

甘棠館の祭酒罷免後、南冥は蟄居生活のゆえに、来遊の門人や旅人とも面会を許されず来訪者もなくなった。南冥が祭酒を罷免されても甘棠館はそれまで通り存続していたから、息子の昭陽が亀井家の家督を継ぎ、甘棠館の主宰となって教授を務めた。

（なぜ、わしが甘棠館の祭酒を罷免されるのか。なぜ、わしが禁足（蟄居謹慎）の罰を受けるのか、思い当たる節《ふし》はない）

南冥は理由の分からぬ苛立ちから抜け出せない。

加藤がこの処分のお膳立てを行った立役者だとは分かる。

津田源次郎からは、津田が加藤から尋問を受けたこと、口上書が偽作であることを加藤に白状した旨を聞いた。口上書は作り物だが隠田を隠すための苦肉の策だ。藩に感謝されても非難されることはないではないか。

石碑が問題になったとしても、加藤の思惑通り白島の石碑は粉々に壊され、また大宰府の石碑は建立不許可になった。それで問題は落着しているではないか。

幕府から朱子学以外の儒学を禁ずる「寛政異学の禁」が発布されたが、それは主に幕府内のことにとどまり諸藩には行き届かず、謹んで従っている藩などどこにもないではないか。

わしの傲岸、不遜が問題になるならその通りかもしれない。そんな理由で禁足の罰まで負わすだろうか。

南冥はじきに赦免されようと思っていた。


南冥は、唐人町の屋敷に津田源次郎と米屋才蔵を呼び寄せ、密かに会った。

津田は金印の件で役職を解かれ、隠居させられていた。

「金印の発見場所を叶崎にしたのは、南冥先生の落ち度ではございません。あの時は誰でも事実を述べることはできなかったはずです」

津田は、金印の発見場所を偽ったのは、藩の隠田を隠すためやむ得ぬ措置であったと言った。

「このことは藩でも理解していることでしょう」

才蔵が付け加えた。

「では、何が問題になったのだろうか」

南冥は二人の意見を求めた。

「一つは、金印の発見時期の事ですか。発見から半年も経って提出していますから」

津田は、その半年間になされた南冥の所業が問題になったと思っていた。

「いろいろと工作したからね。でもその程度の事はとるに足らんことだろう」

南冥は軽くいなしたものの、忸怩《じくじ》たる思いが抜けきれなかった。

「もう一つは、金印の修復をしたことですかね」

津田が付け加えた。修復などせずにありのままに藩に提出すれば良かったのか。

「発見時のままの押し潰れた金印を藩に提出すれば、まず勘定方に廻されるだろう。勘定方の役人でその価値の分かる者はいない。鋳つぶして御用金の一部にするのが落ちだ。金印を立派な見栄えある物に変え鋳つぶされないようにすることも、悲しいかな、この藩では欠かせないことだ」

南冥は修復も致し方のないことと言い切った。

「他に理由は見当たりませんが」

津田は、それまでの問答で問題とされた一つ一つが理由になるとは思ったが、そのことは口には出さなかった。

「藩の重臣どもが、単にわしを潰《つぶ》すのが目的とも考えられる」

南冥は苦々しく言った。

「だとしたら如何ともしがたいですね。道理を超えている」

津田は嘆息し、才蔵も悲しく頷いた。

暫く沈黙が続いた後、

「甚兵衛は、その後どうなったのでしょう」

才蔵が話題を切り替えるように尋ねた。

「大坂の知人宅に匿っておったが、五年程して家を出、その後の行方は分からない」

南冥はありのままを答えた。

「可哀そうなことをしたね」

津田が言うと、南冥も才蔵もその通りとばかり頷いた。

「庄屋が志賀海神社に、叶崎が発見場所ととっさに口走ったばかりに、いつの間にか、叶崎の田持の甚兵衛が発見者とされた」

才蔵が、甚兵衛が金印の発見者とされた経緯を口に出した。

単純な経緯であった。

「誰かを発見者と仕立てなければならないが、他に方法はなかっただろうか」

南冥は自問するが、他の方法など見当たらない。

「甚兵衛も事の次第を了解した上で、しばらく志賀島を出て京、大坂の旅でもしますよと、軽い気持ちで出奔しそのまま大坂に匿われた」

才蔵が、誰の責任でもないとばかりに口走る。

「何年になりますか」

津田がため息交じりに洩らした。

「もう、八年になりますかね」

と才蔵が答え、南冥と津田が頷いた。

南冥は、金印にまつわる別の話を、若い時分から聞いていた。

南冥の父聴因の里は、怡土郡の三雲村である。父の兄弟の子弟は三雲村に住んで庄屋を務めている。南冥は子供の頃から墓参りや、盆、正月の集まりで三雲村の父の兄宅に泊まることが多かった。いとこも多数いる。子供の頃の南冥は三雲村に来ることが楽しみでもあった。

三雲村には古くから金印の話が伝わっている。

戦国期の原田氏の頃、三雲村の佐々礼石《さざれいし》神社は大きな社領地を持ち、その境内も高祖山の麓まで達していたという。

豊臣秀吉の九州制圧で原田氏は領地を没収されたが、佐々礼石神社も全ての社領を没収された。神官も雇人も多数の者が離散の憂き目にあわされた。神社には古くから社宝が多く伝わるが、その一つに後漢から贈られたという伝えの金印があったという。おそらく高祖山の磐座に奉納されたものであったろうということだ。

その金印は志賀島に移置されたとの言い伝えがある。

そのことを南冥は子供のころから聞いていた。

高祖山の山頂から糸島と能古島の間に、海を通して志賀島が見える。佐々礼石神社の神官たちは、金印の没収を恐れ、わだつみの神ゆかりの志賀島に密かに持ち寄ったのではないかという。

三雲村の周辺に井原鑓溝《いわらやりみぞ》遺跡がある。青柳種信の著した「柳園古器略考」によると天明年間に、この遺跡からは二一面の後漢の鏡が出土している。これに加え、巴形銅器、鉄刀・鉄剣類が発見されている。伊都国がその前の時代から築いた権力の大きさが偲ばれる。

奴国王が、血縁で結ばれた故地の伊都国の高祖山に金印を奉納したとしても、不思議はない。

罷免と禁足。南冥は、このような状況の中でも論語の注釈書、念願の大著「論語語由」を完成させつつあった。

（罷免されても甘棠館は残る。むしろ、今までのやり残した仕事を完成させよう。好きな旅をしたり来訪者に会えないのは残念だが、論語語由の執筆に専念できる。こういう時もあるのだ、遅からず赦免の伝えがあろう）

南冥は結果の変わらぬ事態を思い詰めるのは止め、気持ちを切り替えることにした。罷免・禁足の理由は思い当たるものはないが、今の生活にそれ程不満はなかったので、それ以上深く考えることはしなくなった。

翌年、論語語由一〇巻が完成した。先年来より南冥親子を秋月に招き重用してきた秋月藩主黒田長舒が序文を書き出版された。

論語語由は、南冥苦心の作のわりに評判は芳しくなかった。


罷免後五年経ち、寛政一〇年（一七九八）二月、唐人町一体の大火災により、甘棠館は建物・文物のすべてが焼け落ちた。黒田家譜によれば、唐人町の商家から出火し、学問所、武家宅四三戸、商家宅一六六戸、倉二〇区が焼失したとある。

二年前に昭陽の私塾の門弟となり日田に戻っていた広瀬淡窓は、見舞金を持って唐人町に駆け付けた。町一体が焼け野原の中、甘棠館の瓦礫《がれき》の中で酒宴が執り行われていたという。二〇数人のなかに南冥も昭陽もいた。皆酔って高笑いが聞こえる。建物、文物が焼けたのは残念だが、すべてが灰になったことが、悲しみを通り越して可笑しくもあったのだろう。あきらめの高笑いである。

南冥夫妻や昭陽夫妻、親子は、最寄りの浄満寺や曇栄の崇福寺など縁を通して仮住まいをした。

昭陽ら教授たちは、三月には瓦礫跡で門弟たちの教育も始めた。昭陽は、甘棠館再建の建議書を藩に提出した。費用は旧知の商人がとりあえず出してくれる。何の問題もないと思われたが、藩からの返答がない。

三月、四月、五月と経った。

その年の六月、藩の家老会議で甘棠館は廃校と決定された。子息の昭陽ら儒官は免ぜられ平士《へいし》に格下げとなった。甘棠館の門弟たちは修猷館に移されることになった。何の理由も告げられなかった。

南冥はそれを聞いて驚いた。

（何故だ。不測の火事で廃校だと。しかも昭陽らの儒官を免じ平侍だと。災難は誰しもある、しかも大火事による類焼だ。こちらに落ち度はない。同情を受けることがあっても、非難されることは全くない。被害を受けた上、さらに追い打ちをかけて、廃校と平侍とは理不尽な取り扱いだ。まともな者のすることか。福岡藩とは、そういう藩に落ちぶれたのか）

南冥は前にも増して激しく憤慨した。その思いの背後に、竹田、加藤、貝原らの笑みを浮かべた顔が亡霊のように垣間見えた。

二年後、唐人町の亀井家の私有地に、昭陽の奔走で私塾と居宅を再度完成させたが、間もなく再び唐人町の火災により類焼した。

この火事は前のものと違って人の企みによるものだ。もう、ここには住むな、塾を開くなということか。どこまでの仕打ちか。

寛政一二年（一八〇〇）一月、南冥は百道の松林に転居し、昭陽とともに再び私塾を営む。もう生きる道はそれしかない。

昭陽は私塾の教授をしながらも、藩の平士も務めていた。福岡城の門番や各地の烽火台の番人が勤めである。甘棠館の主宰までやった者が、足軽よろしく番人を務める。南冥は門番や番人を士分とは認めていない。辞退するように迫ったが、昭陽は笑って受け答えた。

「番人も必要な仕事です」

南冥には息子の生き方が理解できなかった。

ある日、南冥の旧友である島田藍泉《らんせん》が、南冥のもとを訪れた。

藍泉は周防徳山の人で儒学者。南冥が京遊学の折に徳山に立ち寄ったことが出会いの始まりであった。共に古文辞学派で、学問で意気投合して書簡のやり取りを重ねていた。何事であれ腹蔵なくものを言い合える友となっていた。藍泉は、長崎遊学の帰りに福岡の百道の南冥の居宅に立ち寄ったのである。

「いや、ご無沙汰である。ご機嫌は如何かな」

と藍泉はにこやかに挨拶を述べる。

「嬉しいことだ。友、遠方より来たるだ。ゆるりとされよ」

南冥は藍泉の来訪を殊の外喜んだ。再会はもう一〇数年振りになろうか。早速、酒肴を準備した。

「今は博多湾の太刀魚の時期でな、伊崎の漁師が獲れたばかりを持って来てくれた。生きた太刀魚でなければ刺身にはできない」

太刀魚の刺身と塩焼きが並べられた。藍泉は酒を冷で飲み刺身を一切れ口に入れた。

「これは、うまい。コリコリして甘い」

「いや、喜んでもらえて有難い」

「福岡に寄って良かった」

「息子昭陽がお世話になった。かたじけない」と南冥は礼を述べた。

昭陽は、南冥の指示で一時期徳山の藍泉の塾で学んでいた。

「貴公の息子は大したものだ。将来は貴公以上の学者になるぞ」

「いや、駆け出しの若輩者にすぎぬ」

南冥は、そう謙遜したものの嬉しさは隠しきれない。

「ご妻女は息災でござるか」

「いや、寝たきりになっておる、一年になる」

「それは遺憾、大事になされよ」

南冥は、藍泉が家族のことまで気遣《きづか》う性分であること、実直な人柄を好ましく思っていた。

南冥と藍泉は頻繁に書状のやり取りをしていた。学問上の情報や意見の交換の他、夫々の近況や悩みまで率直に書面で吐露する間柄であった。南冥は甘棠館祭酒の罷免、甘棠館の廃校などとともに、福岡藩、修猷館竹田、加藤に対する恨みなど縷々《るる》長文で訴えていた。藍泉は同情しながらも都度、諫めの回答を伝えていた。

宴もたけなわの頃、藍泉は切り出した。

（このことを言わねば、寄り道してまで福岡にやってきた甲斐がない）

「貴公は既に医術も儒学も極めて、世に認められておる。何も士分に汲々とする必要はないではないか。また藩校の祭酒などにこだわることはないではないか」

藍泉は強く諌めた。

「士分は長い年月にわたる父祖の悲願であり、宿命みたいなものだ。藩校の祭酒は若い頃からのわしの宿念の望みであった。有為な子弟を藩に送り出すという、治之公との約束もある」

南冥は藍泉が気遣って言ってくれるのは分かるが、どうしようもない思いは断ち切れない。

「そんなものは忘れた方が良い。私学の雄として、何にも縛られずに、自由にものを言い、自由にものを書く立場の方がずっといいではないか。世間も家族もそれを望んでおるとは思わないか」

南冥は、これも理屈では分かっている。

「いや、私学で名を残すより藩で名を成したいのだ」

南冥は意固地になって言った。

「この藩が何あろう。貴公は散々痛い目に遭っているではないか。つまらぬ未練など断ち切った方が良い」

これもその通りである。南冥は藍泉の言うことが一つ一つ身に染みた。

「いや、それでも……」

どうどう巡りで折り合うことがなかった。


享和二年（一八〇二）八月、南冥は還暦を迎えた。甘棠館の祭酒を罷免されて一〇年の歳月が経っていた。南冥が不遇の身となっても、多くの旧友や門人などが百道の居宅をお祝いに訪れ、南冥とともに喜びを分かち合った。

博多、唐人町、西新の多くの商人、わずかばかりの武家、中には五〇〇〇石取りの上級武士までも来て祝った。甘棠館の元教授たち、使用人だった者も駆け付けた。隠居の身の上の津田も、今は亡き米屋才蔵の息子も、祝ってくれた。

（この人脈がわしの最後の財産だな。この方々は、私心無くわしを祝ってくれる）

南冥のこの悲しい処遇の中でも、多くの者が南冥を慕ってくれる。南冥は、彼らへの感謝の心持ちと、自己のやり切れない気持ちが混じりあって、錯綜していた。

苅谷助左衛門が、丁稚《でっち》と思しき若者二人に一斗樽を車に引かせて祝いに来た。

苅谷は五ヶ浦廻船の能古島の頭領で、五ヶ浦では最も多い二〇艘を超える千石船を有していた。能古島に本拠と屋敷を持ち、また唐人町にも広い屋敷を構えていた。苅谷、その子息、番頭、手代まで、南冥の私塾の弟子であった。

「南冥先生、還暦の儀、誠に祝着でござる」

「いや、長生きし過ぎでお恥ずかしい」

「まだまだ、これからですよ」

「もう充分に……」

と言って、少し間をおいて、

「ちと、お主に頼みがあるのだが」

南冥は表情を真顔にあらためて言った。

「ええ、先生のためなら、何なりと」

「人には言えぬ話でな、この先にある書斎の仮屋まで来てもらえぬか」

南冥は松林の方を手で示した。

苅谷は「分かりました」と言って、若者二人に向かって「お前たちはここで待て」と指示した。

二人は松林を五〇間ほど歩き、途中、南冥は物置の石組みの奥から何やら物を取り出し仮屋の中に入った。苅谷も続いた。

「この家屋は安普請ですな、それがしが新しく立て替えて進ぜよう」

苅谷のいつもの好意であった。

「いや、それには及ばぬ。このままがよい」

二人は仮屋の座敷に向き合って座ったあと、

「これを、あるところに埋めてもらいたい」

南冥は神妙な顔つきで、その物を苅谷に手渡した。

苅谷はそれを見て、

「やや、金塊。これは市中を賑わしたあの金印でござるな」

「そうだ」

「金印は藩に提出されたのではござらんか」

苅谷は、金印の経緯は知っている。

「わしは金印の模造品を作っておってな。藩に提出されたのは模造品だ。これは本物だ」

「藩に模造品ですか。大それたことを」

「内密のことじゃ。くれぐれも」

「分かりました。決して他言はありませぬ」

と苅谷は言って、

「初めて拝見いたします。小さいが立派な物ですな。色艶といい、形といい、気品があって上物でござるな」

苅谷は金印をしみじみと見つめた。

「この金印を志賀島の潮見台近くの岩場に埋めてほしいのじゃ。詳しい位置は図面を書いておる」

南冥は色塗りの手書きの図面を苅谷に渡した。

「金印は志賀島のこの岩場から発見された。叶崎というのはデタラメだ。この岩場の周囲で三尺程の地中に埋めてもらいたい。誰にも見られぬように」

「三尺というと相当な深さですな。人足が何人か必要ですな」

「だからお主に頼むのだ。これは内密に事を運んでもらわなければならない」

南冥は幾分小声で言った。

「して、かような貴重なものを、何故に埋めるのでござるか。もったいない」

「その金印は元々わだつみの神に奉納されたものだ。神の怒りを鎮めるために神にお返しせねばならない」

「神の怒りを鎮めると」

「わしが金印を持っていると、わだつみの神はわしを許さぬであろう。きっと呪われる」

「心得ました。早速にも取り掛かりましょう。人足も口の堅い者を選んで、いや、今、能古島に滞在している蝦夷地《えぞち》の者どもを使いましょう。何のことやら理解できますまい」

苅谷はお任せあれとばかりに胸を張った。

「有難い。さすが五ヶ浦廻船の頭領だな」

「いや、先生のためなら何だってやりますよ」

と苅谷は高言した。

「かたじけない」

南冥は礼を言った。

二人は世間話など語り合った後、間をおいて、南冥は、またも切り出した。

「そこで、もう一つお願いがあるのだ。厚かましいとは思うが」

「と言いますと」

「金印の発見者とされた甚兵衛を知っておるか」

「ええ、甚兵衛は行方知れずと聞いておりますが」

「実は、相当な金子を渡して、わしの大坂の知人宅に匿っておったのだが、五年程してその家を出て本当に行方知れずになってしまった。志賀島に帰った気配はない。本人も志賀島には戻れないことは覚《さと》っておる。しかし、志賀島を去って二〇年近くになる。甚兵衛を志賀島に帰してやりたいのだ」

南冥は、悲しげな顔を苅谷に向けて洩らした。

「えっ、それで手前は何をすると」

「お主は、廻船の商いで京、大坂にも店を構え、取引先や知人も多いであろう。甚兵衛を探し出してほしいのだ」

南冥は、突然の提案を苅谷に申し出た。

「うっ、それは難しいことを」

苅谷は逡巡した。京、大坂という人口も多く広域な大府の中で一人の人間を探す。手掛かりは少ないし、もう死んでこの世にはいないかもしれない。大海の中で針を探すようなものだ。

「承知しておる。甚兵衛が哀れでな。何としても行方を突きとめて志賀島に帰さねばと、常々思い悩んで居る」

苅谷は南冥の痛々しい表情を見つつ、しばらく考えて返答した。

「それ程までに仰せなら、手前にできることはやりましょう」

「おお、やって頂けるか。無理難題を頼んで申し訳ない」

南冥は、笑みを取り戻して頭を下げた。

「承知しました。手前は一〇日後に大坂へ出向く用がありますので、当地で手前が指揮を執り、甚兵衛を見つけ出しましょう」

「おお、それはかたじけない」

「いや、遠慮は無用でござる。お慕いする南冥先生のためですから」

南冥は、予め用意していた大坂の知人の住所と名前の記載された紙と、甚兵衛の人相書きを、苅谷に手渡した。

「人相書きは二〇年も前のものだから、役に立つかは分からないが」

手掛かりの少ないことを気の毒に思いつつ、南冥は再び苅谷に頭を下げた。

南冥は藩の大分の者には嫌われるが、博多の商人には慕われていた。商人は、南冥の支援者として変わらぬ厚情を示してくれた。

南冥は、治之や黒田長舒などの聡明な名君、才を見極める力のある家老の久野や野村には可愛がられ重宝された。藩士には南冥の傲岸な態度と物言いが嫌われる。なまじ才があるだけに妬みと中傷が藩士の間で絶えない。南冥の才を慕う藩士も中にはいたがごく少数であった。

嫌う者と慕う者との格差が激しい。南冥の性格であった。


その二日後、苅谷はふらりと南冥の仮屋を訪ねた。

「南冥先生、金印を所定の場所に埋めてきました」

苅谷は、南冥に会うなり小声でささやいた。

「おお、そうか有難い」

南冥は、苅谷の手廻しの早さに頭を下げた。

「誰にも見られぬよう夜明け前に作業を終えました」

「それは重畳《ちょうじょう》、かたじけない」

「あの岩場の前の田畑は隠田ですかね。実に見事なものでした」

「隠田だが藩公認のものだ。他言は無用で願いたい」

「分かっております。私ども廻船の商売も黒田様あってのものですからね」

「黒田様ね。黒田様もいろいろだからね」

南冥は、複雑な気持ちを押さえて言った。

「甚兵衛の捜索は、手掛かりのあり次第ご報告いたします」

「済まないね」

「いや、なに」お気遣いの程のことはないと、苅谷は心内で返した。


還暦のお祝いも束の間の出来事だった。お祝いがひとかた済んだ後、南冥は急に寂しくなった。著述も思うように取り掛かれない。老いが急に廻ったようだ。訪れる者も次第になくなり何をすることもなくなった。

仮屋の書斎にいると過去の存念が現れては消える。他に執着することがないから時が止まったように流れない。ああ、わしは何をしておるのだ、何をすればよいのだと、南冥は自問を繰り返した。

その後、南冥は昼から酒を飲み、家からたびたび離れて奇行を重ねた。地行浜から博多湾を望み半日も動かなかったり、商家に立ち入り買いもしない品物にあらぬ因縁をつけたり、濁った大濠で丸裸になって泳いだり、枚挙にいとまはない。

早く死にたいと思いつつ、何かしら生への執念があった。

修猷館と竹田一派。世襲の碌《ろく》を食み乍ら、さして精進も努力もなく藩の中枢を牛耳る。才能あるものは逆に嫉《ねた》まれ罠《わな》にかけられ弾き出される。こんな世があっていいものだろうか。同じことを何度も繰り返しては詮方ない思いに耽《ふけ》る。

きっと治之公のような藩主が現れ、久野様のような方が藩政を執り仕切り、わしを迎えに来られると、ありもしない幻想に浸るのだった。

文化一一年（一八一四）一二月、加藤一成の嫡男、加藤一富（元次郎）は、黒田美作守の強い推しもあり、家老の家柄でもないのに若くして家老に昇格した。加藤一成は数年前亡くなっていたが、美作守は加藤の生前の功績を評価し一富をことのほか重用していた。また、修猷館三代目の竹田定夫にも一五〇石加増の沙汰が下りた。

南冥は、その事を伝え聞いても、そうであったかと別の世界の出来事として捉え、何ら感慨も抱かなかったものの、ひとつの覚悟を得るうえでの動機と端緒を与えてくれたと感じた。

もうこの藩とも完全に縁が切れた。かすかな望みを捨てなかった自分が愚かであった。士分、祭酒などに恋々とした己を恥じた。

過去を思い致すのも止めよう。

もう、これ以上生きても何をすることもない。

(この身をわだつみの神に捧げよう)

南冥は、今まで生死の踏ん切りがつかなかったが、このことでわだかまりもすっきりと晴れたように思った。

(あとは「その日」を決めるだけだ。長く生き過ぎたという自戒を込めて、その日まではしっかりと生きよう)

南冥は心に決めた。

14　再会

平成一二年の冬の夜、志賀島の焼鳥屋汀《みぎわ》屋で寺田と片岡は再会した。

「お久し振りです。今日は無理にお誘いして申し訳ない」

と寺田は言って頭を下げた。

「いや、私もあなたに会いたくてね。誘ってくれて有難う」

「志賀島の担当を外れてもう四年半経ちます。それ以来、志賀島に用もなく、何かしら立ち寄り難くもなって、志賀島と疎遠になりました」

「いや、いろいろ積もる話もあるだろうから」

寺田は、芋焼酎のお湯割りと焼鳥数本に豚足を注文した。

「芋焼酎の木挽はありませんが霧島はあります」

「それで結構」

と片岡はニコリとした。

「ここの豚足は外がカリッとして身は柔らかく、うまいですよ」

寺田は笑みを浮かべて言った。

志賀島の仕事帰りに同僚とともに、よくこの焼鳥屋に通ったことを思い出す。志賀島の現地事務所から歩いて五・六分のところにある。味は博多の焼鳥屋と比べても遜色ない。豚足は必ず注文した。

芋焼酎が運ばれ、まずは再会の乾杯をした。


「志賀島のリゾート開発も終わりました。志賀島は何事もなかったかのように元のままです。これで良かったかとも思います。開発すれば樹木の伐採や大掛かりな土木工事で、志賀島の地形や自然は大幅に変わります。それこそ、わだつみの神の怒りに触れたことでしょう」

「わだつみの神の怒りね」

片岡は念を入れたように呟いた。

「また、開発を続けていれば会社も破綻したと思います。大きな投資ですから。志賀島は、七月・八月は人も多く立ち寄りますが、秋から冬にかけて海風が強くて寒いし、時化の日も多く、とてもリゾートとは縁がない。今思うとこの当たり前のことを当時は考えもしなかった」

「ハワイや沖縄とは違うからね」

片岡が頷いた。

片岡は早くも一杯目の焼酎を飲み干した。

寺田は片岡のためにコップにお湯を注ぎ、焼酎を注ぎ足した。

「すまないね」

「早期にリゾート開発した他の会社は、ほとんど破綻するか、破綻しつつあります。北海道の洞爺湖畔開発では、開発会社と共に資金提供した銀行まで倒産しました。バブル期とは不思議な時代です。冷静に物事が考えられない時代でした」

「銀行までも倒産するとはね」

「リゾート法とは何だったのでしょうかね。法規制の緩和だとかいってアメをしゃぶらせながら、企業に湯水のように金を使わせ景気をあおった。好景気が続いたが、過熱したとなれば、政府は逆に景気を極端に抑えた。その結果バブル崩壊の不況に陥った。踊り踊らされた人はその後の過重な負担を抱え、しかも国全体を巻き込み後遺症に苦しめられる。なぜこのような法律が罷《まか》り通ったのでしょうかね」

「愚かな政治家の浅知恵だね。バブルを起こしたのも政策なら、バブル後の不景気を長引かせたのも政策だ。目先の利益だけ考え、その後のことは考えない。しかも、誰も責任をとる者はいない。政治とはそういうものだね。初めから何もしなかった方が、はるかに良かったのだよ」

「今思うとその通りですね」

「あなたの会社はどうだったのかね。大丈夫かね」

片岡は寺田が勤めるJ社を気遣った。

「志賀島のリゾート開発は失敗に終わりましたが、開発工事に着手しませんでしたので、幾分の投資はあったものの深手はありませんでした」

「そうか。良かった」

「J社も私が入社した頃は、社員五〇人程度の会社でしたが、その後ホテル、スポーツクラブ、スーパーなどを経営し、今は五〇〇人程の社員がいます」

「社長がやり手なのだろうか」

「社長は、リゾートが失敗しても動じる様子はないですね」

「でも他に眼を広げると、不動産開発会社や銀行の倒産など、時代は長期不況の体だ。リゾート法の目的は何だったのかね」

片岡は改めて尋ねた。

「地域振興と民間活力の向上と謳っていますが」

「まあ、どちらも耳障りは良いがね」

「多くの企業家、地方の議員や首長が国会に働きかけて、短期に法律制定に至ったといわれています」

「だから、この法律施行により起きる影響、事態を深くも考えずに立法化されたのだろうか」

「姿、形には見えないが内に悪霊を抱える、という手合いのものですかね」

二人は、法律の制定のもつ怖さ、奥深さを改めて認識した。

「でも、あなたたちに会えたのもそのリゾート法が縁でもある。縁とは不思議なものだね」

「そうですね、その縁がなければ片岡さんとも懇意にはならないし、私が古代史に興味を持つこともなかったでしょう。今、あちこちの古墳、神社、歴史資料館を廻ることや、古代史の講演を聞くことが、私の趣味になっています」

「うん、それはいい趣味だ」

「この趣味にハマったら抜け出せません」

「まあ、死ぬまで続けることだね。私もそうだ」

お互いに笑い合った。

「あの金印の口上書もリゾート法によく似ています。その内容に誰もが踊らされます
が、前提が空虚なものですから、そのことが完結されることはない」

「リゾート法はこの一〇数年でその結末が判ったので、踊る者はもう出ないと思う
が、口上書は二五〇年も経って、今でも研究者を踊らせ続けているよ。リゾート法よ
り質《たち》が悪いかもしれないね」

二人は芋焼酎を飲み、しばらく豚足にしゃぶりついた。


「先年、信州安曇野に行ってきました」

「ほう、いいね。私も一度は行きたいとは思っていたが、行かずじまいだね」

「安曇野の穂高神社では、白村江の戦で戦死した阿曇比羅夫の命日に御船祭りが行わ

れます。高い山々に囲まれた盆地で大きな船をぶつけ合います。不思議な祭りです」

「その比羅夫以後、阿曇氏はぷっつりと歴史の舞台から消えるよね。食物の調理を司る内膳とかの役人になって、しばらくその名が残るけれどもね」

「弥生前期、奴国、邪馬台国、ヤマト王権と続いて、海で活躍した阿曇族は、最後は海と船に別れを告げて山国でひっそり静かに時を過ごす。不思議なものですね。その山国でも、阿曇族はわだつみの神とともに生きています」

「全国各地に阿曇の痕跡の地があるが、阿曇族はわだつみの神とセットになっているよね。海とは縁がなくなっても」

「あの御船祭りも、阿曇比羅夫と共に、わだつみの神を慰めるものですからね」

「歴史を振り返ると、どの一族にも必ず栄枯盛衰は訪れる。人の浮き沈みは仕方のないことだね。ただ、神への信仰は姿、形はないものの、人の心に残るのだね。沈むことなく永遠に残り続ける」

片岡は、頷きながら神妙な面持ちで、そう呟いた。

「安曇野の旅館で、朝食にオキュウトが出て驚きました。味は福岡のものと同じです。エゴと呼ばれています。安曇野から北へ、糸魚川から上越、新潟にかけて食べられているそうです」

「オキュウトは地域性の高い食べ物。どこにでもある食べ物でもない。九州でもこの辺りだけだからね。阿曇族が持ち込んだものかもしれないね」

（そう、オキュウトは、阿曇族が安曇野に持ち込んだものに違いない）

と寺田は思った。


「安曇野に泉小太郎伝説というのがあります」

「その伝説は知らないね」

「泉小太郎が、龍に乗って湖を閉ざす岩盤を吹き飛ばし、松本や安曇野の平野を作るという開拓話です」

「ほう」

「泉小太郎という名で、前に万葉歌で習った白水郎の歌を思い出しました」

「ああ、三号歌碑だね」

「志賀の白水郎《あま》の釣りし燭《とも》せるいさり火乃《びの》　ほのかに妹《いも》を見無《みむ》よしもか裳《も》」

志賀の海人が漁に灯している漁火のように、ほのかにでも妻を見たい、という意味で、漁火を見て郷愁の念を詠んだ歌だという。

「白水郎と書いてアマと読みますよね。白水は泉。泉小太郎はアマの子の太郎。泉小太郎は海人族の集団のことを指しているのではないでしょうか。はるか昔に阿曇族が松本盆地を開拓したことが、伝説として残ったのではないでしょうか」

「阿曇族は水田開発の技術者集団でもあるし、土木作業の専門家集団でもある。阿曇族が安曇野の一帯を開拓したとしても不思議ではない。阿曇族の歴史の一端が偲ばれるね」

「泉小太郎は、龍すなわちタケミナカタの神の背中に乗って岩を砕いたということです。タケミナカタの神は諏訪大明神ですね」

「そうか。タケミナカタの神は出雲一族で、その一族も阿曇族同様の離散、移住の歴史があったはずだ。その出雲族と阿曇族が力をあわせて、安曇野を開拓したら面白いことだね」

片岡はわが意を得たりと焼酎を飲み干した。

寺田も負けじと焼酎を飲み干し、二つのグラスにお湯と焼酎を注ぎ足した。

「江戸時代の隠田の態様も様々ですね」

「隠田は、藩に年貢を納めない田畑のことだが、見つかれば死罪を含め厳罰に処せられる。これに対し、藩に黙認された隠田もあったのだね」

「志賀島の隠田は藩に認められたものですね」

「志賀島は、耕作面積が少ない上に、土質も悪く塩害もあって作物が容易に育たない。そこで黒田長政公以来、免税を受けている。志賀島を治める郡奉行に暗黙の了解事項として代々受け継がれたと思われる」

「藩が認めているのでは、もう隠田とはいえないのでは」

「他の村には言えない以上は隠田だ。誰もが免税を願うのは当然だからね」

「志賀島村の隠田は、潮見台の近くのわだつみの神の磐座の近くにありましたが、勝馬村の隠田は、どこにあると思いますか」

「勝馬の南の高台。ほら、あなたたちが農園を計画した用地、旧勝馬小学校の跡地のところだ。周囲が樹木に囲まれており、他所から隠されて見えない。まあ、かなり広い農地がある」

「やっぱり。私もそうではないかと思っていました。馬蹄形の地形で隠田にもってこ

い の所ですね」

と寺田は言ってから、

「そうそう、高麗囃《こうらいばやし》のあたりですね」と思い出した。

「そう、よく覚えていたね」

　片岡はニッコリした。


「金印を発見したとされる甚兵衛は所在が不明ですが、その後どうなったのでしょうか」

「南冥の知人が多い京、大阪当たりに飛ばされたのではないかな。もう志賀島に戻ることはできない。それ以上のことは分からない」

「南冥が密かに処分したとは考えられませんか」

「南冥は自分の功名のために人を殺すような人物ではない」

「甚兵衛さんは、お気の毒な人ですよね」

「哀れな人だ。金印の発見者でもないのに金印の発見者とされて、故郷に戻ることもできないのだからね」

「以前地権者との契約を進めていた頃、ある地権者の登記名義人が『坂下甚兵衛』となっていたのを思い出します」

「ほう」

片岡の関心をひいた。

「その甚兵衛さんは明治時代の人ですが、江戸時代からその家の惣領は甚兵衛を名乗っていたそうです」

「興味深い話だな」

「過去帳を調べてみようと荘厳寺を訪ねたのですが、江戸期に何度も火事にあって、ほとんど残っていないらしい」

「追跡のしようもない訳だな」


実は、甚兵衛は志賀島に戻っていた。

苅谷助左衛門は、南冥から甚兵衛の捜索を頼まれた後、一〇数日して大坂にいた。大坂の苅谷の出店を拠点として甚兵衛の捜索を進めた。

まず、南冥の知人宅を訪れ甚兵衛のことを聞いた。甚兵衛はその知人宅の離れを借りていたが、五年もせずに黙って退去したということであった。その後の手掛かりはないという。

茹谷は、大坂の宿屋を片端から聞き込み捜査を行った。このために雇い入れた一〇数人もの人数で、甚兵衛の似顔絵から二〇年後を想定して五、六枚の絵を作成し、宿屋の主人から、番頭、手代、丁稚、女中に至るまで聞き込んだ。大坂での聞き込みに行き詰ると京にも範囲を広げた。しかし、何ら手掛かりは得られない。

茹谷は、米や特産品の取引で福岡藩の大坂の蔵屋敷に出入りしていた関係で、蔵役人に知人も多かった。

意外なところから手掛かりが見つかった。

蔵役人の横井弥平という者が、南冥の知人宅から甚兵衛を連れ出し、京の郊外の山科の商人の家に匿っていたことが分かった。先年、加藤の指示で、南冥の知人宅の書簡を詮索すると同時に甚兵衛の捜索もしたとき、横井は甚兵衛を見つけていたのである。

横井は、甚兵衛を尋問し口上書の中身はデタラメであることを白状させたが、その身の取り扱いには困った。甚兵衛は見つけたものの福岡藩としても甚兵衛が志賀島に戻って、他国の学者や好事家にいろいろと詮索されても困る。まだ甚兵衛を志賀島に帰すには時期が早い、しばらく様子をみようということになった。

加藤は、家老会議では甚兵衛は行方不明のままにしておいて、いかにも南冥に消されたかのような印象を与えようとも考えた。

甚兵衛は山科の商家の家に匿われたまま、それから一五年が経過していた。逃げないように見張りまでも置かれていた。

苅谷は、横井に多額の賂《まいない》を渡し、山科の商人から甚兵衛の引き渡しを頼んだ。引き渡しを受けた苅谷は甚兵衛に事情を話し、京の出店から大坂の苅谷の庇護下に移した。そうして、博多に戻る廻船に乗せて甚兵衛を能古島へ連れ戻した。


甚兵衛は能古島の苅谷の屋敷で、息子の甚兵衛と再会した。志賀島での甚兵衛の家督は息子が引き継ぎ、甚兵衛の名跡を継いでいた。甚兵衛の墓まで建てたとのことであった。

南冥も能古島に赴き、甚兵衛に深く謝罪した。

「甚兵衛殿、長いこと済まなかったなあ」

「いや、手前も望んで、このような事態になったので、先生のせいではござらん」

「いや、お主を早く志賀島に戻すべきであった。常々心を痛めておった」

「苅谷殿から、手前の帰着の配慮が南冥先生のご依頼であることを聞き及び、手前の方こそ恐縮に存じております」

「それでも二〇年は長い歳月である。ご苦労をお掛けした。余生を楽しんで生きてもらわねば」

「かたじけないことでござる」

と甚兵衛も頭を下げた。

　南冥は、苅谷にも深く頭を下げ、

「よくぞ、探してくれた」と涙ぐみ両手を固く握った。

　甚兵衛は、半年ほど能古島にいて志賀島に帰還した。志賀島村ではそのことが話題になったが、村の者は隠田のこともあって他村の者には口を閉ざした。長年にわたる志賀島村の村民の習性でもあった。ただ、金印発見から二〇年も経ち、金印のことなど誰も関心を持たない状況とはなっていた。

　甚兵衛は四〇歳過ぎで島を離れてから、もう六〇歳を超えていた。苅谷は甚兵衛の長年にわたる辛苦に対し、過分の付届《つけとど》けを与えた。

「南冥の後半の生涯は、竹田・修猷館と戦い、最初は勝ったけれど最後は完膚なきまでに大敗しました。竹田というより藩の体質に負けたのですね」

「南冥の性格も災いした。弟子の広瀬淡窓は、南冥は尊貴の人に屈せず直言して媚《こ》びることなし、と述べている。竹田に比べ学識は南冥の方が何枚も上だが、竹田は家系や貝原人脈で南冥に勝る。南冥も相手を慮《おもんぱか》って慎《つつし》んでいれば、こういう終わり方にはならなかっただろうがね」

「なにも戦うことはなかったのですよね」

「南冥のどうしようもない性分でね。何かにつけて竹田、修猷館を見下すべく戦いを挑んだ。治之公や久野家老など庇護者がいる間は良かったが、時が変わると彼を支持する者は藩内ではいなくなった。竹田、修猷館は、いつまでも金印発見時の禍根が残り、甘棠館を潰すつもりで暗躍したと思うね」

「南冥は還暦のお祝いから一二年も生きていますよね」

「南冥はなぜ罷免されねばならないのか、なぜ甘棠館が廃校にされたのか、最後まで理解できなかった。そして、藩にも自分を擁護してくれる者が現れると信じて最後の一二年を生きたと思うが、それが叶わないことが分かったときに、最後の覚悟を決めたのだろう」

二人は、沈痛な面持ちながら焼酎を飲み交わした。

「金印は南冥が修復した金印の他に、二個の模造品がありますね」

寺田は金印の行方に話題を切り替えた。

「金印の一つは、黒田家から昭和になって福岡市に寄贈された。ご承知のとおり、以前見に行った博物館にある。

一つは、わだつみの神の磐座近くに埋め戻されたと思う。もともと金印は神に奉納されたものだからね。南冥が二度と世に現れないように埋めたと推測する」

と間を置いて、

「この二つは模造品だ」と片岡は言い切った。

「えっ、磐座に埋めた金印も模造品ですか」

「本物も模造品も、素材も形も同じもの。文化財的な価値の見方だと本物に価値ありとなるのだろうが、そうでなければ人にも神にも、金は金であって、それ以上でもそれ以下でもない」

「とすれば本物はどこへ」

「最後の一つ、本物を持っていたのは南冥だろう。はじめは、志賀島の磐座へ本物を戻すつもりであったと思う。ただ、本物も模造品も、まったく同じとなれば、本物を持っていたい、同じものではないか、と欲のようなものが出た。わだつみの神にも優越感を持ちたいという気持ちも出た。

それに金印は、元は、わが祖三島氏の故地、怡土郡の高祖山に奉納されていたものだ。同じわだつみの神の磐座ながら、もともと志賀島にあったものではない、とも思った。

志賀島に埋め戻しをする直前に気が変わったのではないか。南冥の性《さが》が気持ちを変えた。この金印はわしが持っていたい。誰にも渡さない。わだつみの神にも渡さない。

わしの生きた証《あかし》としたい、と」

「生きた証ですか」

「そう、歳をとるとね、証が欲しい」

「それで最後は、本物の金印とともに百道の仮屋に潰《つい》えたということですか」

二人は焼鳥屋を出て、志賀島の渡船場まで歩いた。

夜の志賀島は暗い。道の外灯がポツリポツリほのかな薄橙の色を放ち、漁港の電球の灯りも夜のシジマに抑えられる。

「私が志賀島に関わって、ちょうど一〇年になります」

「そう、あなたとの付き合いも一〇年になるのかね」

「一〇年ひと昔というが、その一〇年で志賀島の阿曇族の一〇〇〇年の歴史を深く知りました」

「でも、その後の志賀島の歴史も一〇〇〇年以上あるのだよ」

「そうでした」

「リゾート開発の一〇年なんて、ほんの一瞬のことだね」

「いい夢を見せてもらったと思う他ないですね」

寺田は志賀島渡船場で片岡と別れ、博多行きの最終便に乗った。乗船する客は寺田一人だけであった。

寺田は船上から後方の志賀島の暗い佇まいを見ながら、
（志賀島とも、お別れだ）と思った。
ふと空を見上げると、志賀島の山の頂の方に星が三つ流れた。
（わだつみの神か）

南冥が自決した百道の松林の仮屋の前には砂浜と海があった。今は埋め立てられて福岡市立博物館が建っている。「よかとぴあ通り」という名の道路を挟んで、南冥の仮屋と博物館は対峙《たいじ》している。
本物の金印は、仮屋とともに燃えその地に融解し染み込んだ。他方の金印は、その仮屋があった場所のすぐ前の博物館の倉庫に収められている。

了

あとがき

昨年（平成二八）六月、六五歳でJ社を退職した。定番ながら、図書館、碁会所、プール、古代史講座に通った。どこもお年寄りで溢れていた。このまま年金暮らしで生を終えるのかと思うと悲しい。

一念発起し、会社在職中に取った資格を活かして、本年四月に不動産に関する独立事務所を構えた。天神のど真ん中の小さな事務所である。五月連休までは開業準備でバタバタした後、急に何をすることもなくなった。顧客もすぐには付かない。

事務所で、かつてリゾート開発した志賀島の物語を書くことにした。当時考えていた、亀井南冥、金印、阿曇族、わだつみの神、に加えて、J社のリゾート開発にまつわる話をミステリー風に原稿用紙三〇〇枚位書いた。家に居れば執筆など、その気にならなかったであろう。

書くと人に読んでもらいたくなる。古代史講座の先生である歴史作家の河村哲夫氏に読んでくれませんかと頼み込んだ。講座では先生と生徒の関係にあるが、それまで話したこともなかった。快く引き受けていただいた。

二週間ほどして氏より電話があり、内容が面白いから長編にしたらと勧められた。それから毎日執筆だけに専念し、一気に原稿用紙三〇〇枚を書き上げた。氏に読んでいただくと出版社を紹介してもらった。梓書院である。単行本として出版することになった。何がきっかけになるか分からない。

氏からは色々とご助言やご指摘をいただき、感謝に堪えない。

Ｊ社の元社長、元専務に校正前の原稿を持って挨拶に行くと、こちらが恐縮する程に喜んでくれた。お二人は、性格は異なるが情の厚さは共通する。Ｊ社は、今では福岡有数の会社となり、地場一のデベロッパーである。社長の代替わりはあるが、お二人は今でも現役で頑張っておられる。お二人がおられる限り、Ｊ社の気質は変わらず残り続けるだろう。

家族、親類、友人、知人、志賀島の仲間にも読んでもらい、多くの励ましとご指摘をもらった。梓書院の森下駿亮氏にも細かい点で示唆を与えられた。

多くの人の支えにより、この本ができ上がったと思う。私の生きた証の一つとなった。皆さん方に感謝したい。

この一連のきっかけで執筆が私の生きがいになり、まだまだ書きたいことが沢山あることに気付いた。古代史をベースに、現代とその他の時代を錯綜させながら物語を展開すると、大仰かもしれないが、日本と日本人の原像が見える気がするのである。

平成二九年一〇月　石田健二

発刊を祝う

歴史を題材とした作品をフィクション性の強いものから並べると、時代小説→歴史小説→時代ドキュメント→歴史評論ないし歴史論文というようなことになろうか。

ところが、この作品にはそのすべての要素が含まれている。

そして、主人公は志賀島そのものである。

志賀島から出土したとされる金印と志賀島の海人族・阿曇氏という古代史上のきわめて重要なテーマとともに、平成のリゾート開発という意表をつくテーマをまじえ、立体的に物語が進行していく。実に巧みな構成である。志賀島の古代と現代が一つの楽曲に構成され、荘厳なオーケストラを奏でている。

作者の石田健二氏は私の歴史講座の受講生であるが、ある日、講座終了後に、この作品の原型となる短編小説の原稿を遠慮がちに石田氏から手渡され、帰宅後さっそく読んでみると、その巧みな文章力と文献史料に対する真摯な姿勢に感銘を受けた。

そこで、次にお会いした機会に、「この短編を十倍に膨らませることはできますか」と無理な申し出をしたところ、わずか一か月で本作品のもとになる原稿ができあがった。

そして、「わりと楽しくできました」と、自信と確信に満ちた表情で、平然とのたまう。

時代小説でもあり、歴史小説でもあり、時代ドキュメントでもあり、歴史評論ないし歴史論文でもある。加えて、リゾート開発の舞台裏も描かれている。

なんともまあ、ぜいたくで、破天荒な作品である。

民間企業に長年勤務されていた間もずっと封印されていたその隠れた文才が、やっと封印を解かれてマグマのように一気に噴出したかのようである。

石田氏が何らかの精神的転換期を迎えられ、新しいステージに飛翔されたのであろう。

石田氏の第二ステージの始まりを飾るこの作品は、高齢社会においていかに生きるかという問題をわれわれにも問いかけている。

人は、その死を迎える瞬間まで、新しいものに挑戦する機会をあたえられている。そのことを如実にしめしたのが、この作品でもある。

わたし自身も、新しい勇気とエネルギーをこの作品からいただいた。
このすばらしい作品が、今後長い世代にわたって、連綿と読み続けられることを切望してやまない。

平成二九年一一月　歴史作家　河村哲夫

【著者紹介】

石田　健二（いしだ　けんじ）

昭和 26 年生まれ。福岡県飯塚市出身。京大卒。
鉱業会社を経て、暫く放浪。
平成 2 年、福岡市の地場デベロッパーに入社。志賀島のリゾート開発を担当。
その後、総務、関連会社を経て同 28 年 6 月退社。
平成 29 年 4 月より不動産に関する独立事務所を開業。
同年 5 月より本書の執筆開始。

【参考文献】

『亀井南冥小伝』　河村敬一著　花乱社
『儒学者　亀井南冥』　早船正夫著　花乱社
『金印ものがたり』　大谷光男著　西日本図書館コンサルタント協会
『金印再考』　大谷光男著　雄山閣
『真贋論争「金印」「多賀城」』　安本美典著　勉誠出版
『筑前続風土記』　貝原益軒他編　文献出版
『黒田家譜』　貝原益軒他編　文献出版
『邪馬台国への道』　安本美典著　梓書院
『神功皇后の謎を解く』　河村哲夫著　原書房
『志賀島の四季』　森山邦人著　九州大学出版会

「生《い》きた証《あかし》か、金印《きんいん》の謎《なぞ》　– 亀《かめ》井《い》南冥《なんめい》 リゾート開発《かいはつ》 わだつみの神《かみ》 –」

平成 30 年 2 月 23 日発行
著　者　石田健二
発行者　田村志朗
発行所　㈱梓書院
〒 812-0044 福岡市博多区千代 3-2-1
tel 092-643-7075　fax 092-643-7095
印刷・製本　シナノ書籍印刷㈱
ISBN978-4-87035-620-7